W0184463

Les Géorgiques

La littérature grecque et latine
dans la même collection

ARISTOPHANE, *Théâtre complet* (2 volumes).
CÉSAR, *La Guerre des Gaules.*
CICÉRON, *De la république. Des lois. – De la vieillesse.*
DÉMOSTHÈNE, *Philippiques, Sur la couronne*, suivi de ESCHINE, *Contre Ctésiphon.*
ESCHYLE, *L'Orestie. – Les Perses* (édition avec dossier). – *Théâtre complet.*
ÉSOPE, *Fables* (édition bilingue).
EURIPIDE, *Théâtre complet.*
HIPPOCRATE, *L'Art de la médecine.*
HOMÈRE, *Iliade* (édition avec dossier). – *Odyssée* (édition avec dossier).
HORACE, *Œuvres.*
LONGUS, *Daphnis et Chloé*, suivi de MUSÉE, *Héro et Léandre.*
LUCRÈCE, *De la nature* (édition bilingue).
MARC AURÈLE, *Pensées pour moi-même.*
OVIDE, *Les Métamorphoses.*
PÉTRONE, *Satyricon.*
PLAUTE, *Amphitryon* (édition bilingue avec dossier). – *L'Aululaire. Amphitryon. Le Soldat fanfaron.*
PLINE, *Lettres. Panégyrique de Trajan.*
PLUTARQUE, *Vies parallèles* (2 volumes).
Le Roman d'Alexandre.
SAINT AUGUSTIN, *Les Confessions.*
SALLUSTE, *Conjuration de Catilina. Guerre de Jugurtha. Histoires.*
SÉNÈQUE, *De la providence. De la constance du sage. De la tranquillité de l'âme. Du loisir. – Lettres à Lucilius. – Médée* (édition avec dossier). – *Phèdre* (édition avec dossier).
SOPHOCLE, *Antigone* (édition avec dossier). – *Théâtre complet.*
SUÉTONE, *Vies des douze Césars.*
TACITE, *Annales.*
TÉRENCE, *Héautontimorouménos. Les Adelphes. Phormion.*
THUCYDIDE, *Histoire de la guerre du Péloponnèse* (2 volumes).
TITE-LIVE, *Histoire romaine* (7 volumes). « De la fondation de Rome à l'invasion gauloise ». – « La Conquête de l'Italie ». – « La Seconde Guerre punique » (2 volumes). – « La Libération de la Grèce ». – « Les Progrès de l'hégémonie romaine » (2 volumes).
VIRGILE, *Les Bucoliques. Les Géorgiques. – L'Énéide.*

VIRGILE

Les Géorgiques

TRADUCTION
NOTES
de Maurice Rat

PRÉSENTATION
DOSSIER
CHRONOLOGIE
BIBLIOGRAPHIE
de Sylvie Laigneau-Fontaine

GF Flammarion

© 1967, Garnier Frères, Paris,
pour la traduction et les notes.
© Flammarion, Paris, 2022, pour la présente édition.
ISBN : 978-2-0802-8293-4
N° d'édition : L.01EHPN001126.N001
Dépôt légal : juin 2022

Présentation

Labor omnia vicit/ improbus, et duris urgens in rebus egestas.

« Tous les obstacles furent vaincus par un travail acharné et par le besoin pressant en de dures circonstances. »

C'est dans le premier chant des *Géorgiques*, au Ier siècle avant notre ère, que Virgile prononce cet éloge optimiste du travail humain, qui postule que l'action et l'ingéniosité des hommes, redoublées par les difficultés, peuvent pallier l'hostilité du monde et de la nature. Ce poème en quatre livres se présente, malgré son titre grec (*géôrgos*, en grec, signifie « le paysan »), comme un ouvrage sur l'agriculture italienne – premier paradoxe d'une œuvre qui en contient bien d'autres. Dans les vers cités, par exemple, on peut s'étonner du choix de l'adjectif latin *improbus* car, si l'une de ses acceptions est « sans arrêt » (d'où la traduction par « acharné »), il est souvent connoté de façon très péjorative (« mauvais, de mauvais aloi ; méchant, mauvais, pervers ; qui n'a pas les qualités requises » sont quelques-uns des sens fournis par le dictionnaire Gaffiot). Il surprend donc dans un éloge du travail, et l'on s'aperçoit ainsi que même l'une des formules les plus célèbres de l'œuvre, qui semblait fournir une clé de lecture absolument univoque, n'est pas dépourvue d'ambiguïté. Mais avant de nous intéresser au délicat problème du sens des *Géorgiques* [1], rappelons le contexte dans lequel elles ont été rédigées.

Virgile, un poète dans une époque de tourmentes

Virgile naît en 70 av. J.-C., pendant le dernier siècle de la République romaine : il s'agit d'une période de discordes et de guerres civiles, au cours de laquelle les Romains ont vécu dans un climat de haine et de violence quasiment ininterrompu.

Un siècle de violence et de guerres civiles

La première de ces guerres civiles voit s'opposer les généraux Marius et Sylla, représentant chacun

1. Voir Dossier, p. 210-233.

l'une des deux factions politiques qui se déchirent dans la République romaine depuis bien longtemps : Marius est ce que l'on appelle un *homo novus* (un « homme nouveau » : il est le premier de sa famille à accéder à une magistrature supérieure) et il est proche des *populares* (du latin *populus*, « le peuple ») ; Sylla est issu d'une vieille famille aristocratique et est soutenu par les *optimates* (globalement, les forces conservatrices). La guerre se déroule, avec des périodes d'accalmie, de 88 à 82 av. J.-C. Elle est violente [1], marquée par le début des proscriptions [2], et se solde par une victoire de Sylla qui, curieusement – les modernes peinent encore à expliquer exactement son geste –, abdique de tous ses pouvoirs en 79, soit une dizaine d'années avant la naissance de Virgile.

Alors que la vie politique a repris tant bien que mal, le noble romain Catilina, en 63 av. J.-C., fomente une conjuration visant à assassiner Cicéron, le consul de cette année-là, et à prendre le pouvoir. Ayant échoué, il lève une armée rebelle, contre laquelle marche l'armée régulière romaine ; celle-ci est victorieuse mais, une nouvelle fois, des

---

1. On estime par exemple à 50 000 le nombre de morts dans la seule bataille de la porte Colline en 82. **2.** Proscription (du latin *proscribere*, « afficher ») : condamnation à mort ou à l'exil, sans procès, pour des motifs politiques, annoncée par voie d'affiches sur lesquelles figurent les noms des proscrits. Les premières proscriptions eurent lieu à Rome après la victoire de Sylla, qui épura ainsi la société des anciens partisans de Marius ; elles se reproduisirent plusieurs fois dans la suite des guerres civiles.

Romains ont combattu contre des Romains. L'historien Salluste, dans la monographie qu'il consacre à cette conjuration, exprime parfaitement les sentiments très mêlés que ne peut manquer de susciter une victoire dans une guerre civile : « Ainsi, dans toute l'armée, régnaient la joie, le chagrin, la douleur et la gaité [1]. »

Quelques années plus tard, les luttes entre *populares* et *optimates* ensanglantent de nouveau la ville. Des bandes armées de l'une et l'autre faction s'opposent régulièrement en de violents combats de rue, jusqu'à ce qu'en janvier 52 le « meneur » des *populares*, Clodius, soit assassiné par celui des *optimates*, Milon, après une bataille entre leurs troupes respectives, ce qui déclencha de nouvelles violences. Le procès de Milon est resté célèbre car celui-ci fut défendu (assez mal) par Cicéron.

Peu de temps après, c'est le choc de deux nouvelles ambitions personnelles : deux autres généraux, Pompée et César, s'opposent à leur tour. En 49, César, qui venait de remporter la guerre des Gaules et dont se méfiait le sénat, franchit avec son armée, au mépris de toute légalité, le ruisseau du Rubicon qui marquait la limite de sa province (en prononçant, d'après l'historien Suétone, le fameux *Alea iacta est !*, « le sort en est jeté [2] »). Il marche sur Rome, provoquant l'affolement de la population et la fuite des pompéiens.

1. Salluste, *Conjuration de Catilina*, 61 ; nous traduisons. **2.** Suétone, *Vie de César*, 32.

La guerre entre les deux hommes se termine à la bataille de Pharsale, en 48, par la victoire de César. Mais celui-ci est assassiné aux ides de mars 44 (15 mars), car il était soupçonné de vouloir rétablir la monarchie, système politique haï par les Romains depuis l'établissement de la République en 509 av. J.-C.

La dernière lutte : Antoine et Octave

Lorsque le testament de César est ouvert, alors qu'on pensait qu'y serait désigné comme son successeur son lieutenant Marc Antoine, on découvre contre toute attente le nom d'Octave, un jeune homme de dix-neuf ans, son petit-neveu, adopté à titre posthume et encore peu connu à Rome. Marc Antoine et Octave s'unissent d'abord pour lutter contre les « républicains », les assassins de César : ils forment en 43 av. J.-C., avec un nommé Lépide, le « second triumvirat ». Après une série de proscriptions à Rome, ils marchent contre les forces républicaines réunies en Grèce et leur infligent une lourde défaite à la bataille de Philippes, en 42. Très vite, des rivalités les opposent néanmoins, et se déclenche alors la guerre de Pérouse en 41-40 (dite « guerre de Fulvie », car cette dernière, l'épouse d'Antoine, en fut en grande partie responsable). Pour éviter les conflits, ils décident alors de se partager le monde en zones d'influence, partage précisé lors des accords de Brindes, en 40 : Antoine reçoit l'Orient, Octave l'Occident, tandis qu'à Lépide, moins puissant, revient l'Afrique. L'alliance politique est renforcée par une alliance familiale : Antoine, séparé de Fulvie, épouse Octavie, la sœur d'Octave.

En Orient, Antoine s'installe à Alexandrie, en Égypte [1], s'allie avec Cléopâtre, qui avait été la maîtresse de César, et noue assez vite une liaison avec elle. Il s'efforce, sans grand succès, de faire la guerre aux Parthes (les habitants de l'Iran actuel), pour venger une défaite romaine de 53. En Occident, Octave se charge de récompenser les vétérans de la bataille de Philippes et, pour les doter de terres, il expulse de leurs domaines un grand nombre de petits propriétaires italiens, notamment à Crémone et à Mantoue (il est possible que ces expulsions aient concerné le propre père de Virgile). Il lutte également contre Sextus Pompée, le fils de l'ennemi de César, qu'il capture en 36, et mène entre 35 et 33 diverses campagnes en Illyrie (Slovénie et Croatie actuelles), visant d'une part à démontrer aux Italiens qu'il se soucie de leur sécurité et d'autre part à se montrer en chef de guerre victorieux face à l'échec d'Antoine en Parthie.

En effet, malgré les tentatives diplomatiques de Mécène, qui ont donné lieu au pacte de Tarente

---

1. L'Égypte est considérée dans l'Antiquité comme une partie de l'Orient et non de l'Afrique.

en 37, le climat entre les deux hommes s'est envenimé, sans doute essentiellement du fait de l'ambition d'Octave, qui se veut seul maître de la République romaine et profite d'erreurs politiques majeures de son rival : celui-ci a répudié son épouse romaine (la propre sœur d'Octave) pour épouser la reine d'Égypte (32 av. J.-C.) ; il a célébré à Alexandrie (et non à Rome) son triomphe sur le roi d'Arménie, et placé à la tête de ce royaume conquis le fils qu'il a eu de Cléopâtre. La propagande octavienne a beau jeu d'affirmer qu'il oublie sa « romanité » et « s'orientalise », qui plus est dans les bras d'une reine. À la fin de l'année 32, Octave a l'intelligence de déclarer la guerre à l'Égypte de Cléopâtre et non à Antoine. Cette nouvelle guerre civile qui ne dit pas son nom (puisque les Romains sont officiellement en guerre contre un pays étranger) se termine en 31, à la bataille d'Actium, avec la victoire d'Octave, suivie du suicide d'Antoine et de Cléopâtre.

L'arrivée d'Octave Auguste au pouvoir

Après Actium, Octave pacifie l'Orient, avant de rentrer à Rome en 29. Peu désireux de se voir accusé, comme César, d'aspirer à la royauté, il a l'habileté de refuser tout autre titre que celui de *Princeps Senatus* (« le premier du sénat »), vieux titre républicain accordé au sénateur le plus âgé, autorisé à prendre la parole en premier lors des débats [1] (Octave n'a que trente-cinq ans). Il met donc en place une véritable illusion républicaine, en laissant croire aux Romains qu'il ne veut rien changer aux institutions. L'année suivante, au cours de ce que les historiens considèrent comme une véritable comédie, il remet ses pouvoirs au sénat et demande à redevenir simple citoyen. Le sénat se récrie et Octave accepte alors le titre d'*Augustus* [2].

Cette date de 27 av. J.-C. est celle que les historiens ont retenue pour fixer le début de « l'Empire romain » (qui durera jusqu'en 476 apr. J.-C. et la prise de Rome par Odoacre). Le règne d'« Octave Auguste », bientôt appelé simplement « Auguste », s'étend de 27 av. J.-C. à sa mort, en 14 apr. J.-C. Contrairement à ce que les Romains ont pu croire, les institutions républicaines sont durablement modifiées et le pouvoir est désormais dans les mains du *Princeps*. Les historiens contemporains pensent que les Romains ont accepté ce changement de régime peut-être parce qu'ils n'ont pas compris à quel point c'en était fini du régime républicain, mais sans doute aussi parce qu'ils ressentaient une lassitude extrême de la guerre : ils ont préféré, consciemment ou inconsciemment, accepter un pouvoir fort,

---

1. De ce terme *princeps* (qui donnera en français le mot « prince ») dérive le nom du régime qui va se mettre en place : le « principat ». **2.** *Augustus* est le participe passé passif du verbe latin *augeo*, qui signifie « augmenter » ; employé comme adjectif, il qualifie généralement les dieux et les objets sacrés, dotés d'une « aura » supérieure à celles des mortels ou des autres objets.

si celui-ci leur promettait l'arrêt des guerres civiles qui ensanglantaient le pays depuis près d'un siècle.

L'ŒUVRE DE VIRGILE, ÉCHO DE SON ÉPOQUE

Les renseignements que nous possédons sur la vie de Virgile viennent, dans leur grande majorité, de *Vies de Virgile* datant de l'Antiquité tardive et souvent sujettes à caution. Voici néanmoins ce que l'on peut en dire.

LES PREMIÈRES ANNÉES

Virgile naît le 15 octobre 70 av. J.-C., dans le village d'Andes, près de Mantoue, dans la plaine du Pô (d'où son surnom de « cygne de Mantoue »). Son nom complet est Publius Vergilius Maro : il possède donc les *tria nomina*, les trois noms (prénom, nom, surnom) qui sont le signe distinctif du citoyen romain. Son origine sociale est controversée : certains pensent qu'elle est modeste, comme celle des personnages qui apparaissent dans *Les Bucoliques* ; d'autres, au contraire, qu'elle est élevée puisque, comme on le verra, il fréquente de hauts personnages de Rome, tel Pollion avec lequel il se lie avant même d'être célèbre. Il commence ses études à Crémone et les poursuit à Milan. Vers dix-sept ans, à la mort de son père, il se rend à Rome où, comme tout jeune Romain suffisamment aisé, il étudie la rhétorique. Il commence alors – cursus classique – une carrière d'avocat, mais celle-ci se solde par un échec car il est, semble-t-il, timide et peu doué pour les envolées oratoires. Des sources rapportent en effet qu'on le surnomma *Parthenias* (« la jeune vierge », en grec) : cette plaisanterie est en lien avec son nom (« vierge » se dit *virgo* en latin, ce qui est proche de « Virgile »), mais serait aussi due au fait qu'il rougissait facilement. Il se tourne alors vers la poésie, en même temps qu'il s'initie à la médecine et à l'astronomie. À une date indéterminée, peut-être vers 49, il quitte Rome pour Naples et fréquente alors le cercle du philosophe épicurien Siron. Même si la question des convictions philosophiques de Virgile n'est pas nettement tranchée par la critique, la plupart des chercheurs reconnaissent que, tout en faisant preuve d'un certain éclectisme, il a été très marqué par cet enseignement épicurien.

LE POÈTE DES *BUCOLIQUES*

De retour à Rome vers 43, il se lie d'amitié avec Asinius Pollion, le gouverneur de Gaule cisalpine, sa région natale. On ne sait pas vraiment comment les deux hommes ont fait connaissance : certains pensent que la famille de Virgile pouvait être assez importante pour entretenir des liens avec le gouverneur ; d'autres, que Virgile avait déjà écrit quelques pièces poétiques [1] qui auraient attiré l'attention de Pollion. Celui-ci est un amateur de l'alexandrinisme, un mouvement littéraire d'expression grecque né à Alexandrie au IIIe siècle av. J.-C., et suggère au jeune poète d'écrire une œuvre sur le modèle de celle de Théocrite, l'auteur des *Idylles*. Les *Idylles* sont des églogues, soit un genre littéraire mettant en scène des bergers « d'opérette », essentiellement occupés de poésie et d'amour et évoluant dans un *locus amœnus* [2].

Ce furent *Les Bucoliques*, sans doute écrites entre 42 et 39 et publiées en 38 ou en 37 avec un succès immédiat. Quoique cette œuvre corresponde parfaitement aux critères du genre littéraire de l'églogue, Virgile y introduit quelques nouveautés qui lui sont propres. En particulier, alors que ces chants de bergers se déroulent, chez Théocrite, en Grèce, Virgile les place explicitement en « Arcadie », terme qui désigne à cette époque les régions boisées d'Italie : il donne ainsi à ses *Bucoliques* une sorte d'assise nationale. Par ailleurs, il n'hésite pas à insérer dans la trame théocritéenne

1. Ces pièces ont été conservées sous le titre *Appendix Vergiliana*, mais leur attribution à Virgile est souvent remise en cause.
2. Cette expression désigne un *topos* que l'on trouve dans toute la littérature antique ; il s'agit d'un « lieu agréable », dont les composantes sont toujours l'herbe, l'eau, l'ombre et la fraîcheur.

des éléments réalistes et inspirés de l'Italie contemporaine. La première *Bucolique* met en effet en scène deux bergers, Mélibée et Tityre, dont l'un est expulsé de son domaine alors que l'autre doit à la protection d'un puissant personnage de pouvoir conserver le sien. Il est facile de faire le lien avec l'expulsion des paysans italiens qui s'est produite au moment où Octave a récompensé les vétérans ; certains voient même dans cette bucolique un souvenir autobiographique : Virgile se serait trouvé dans la position de Tityre et aurait conservé le domaine paternel grâce à des appuis importants, peut-être même celui de Pollion.

LE POÈTE DES *GÉORGIQUES*

Le succès des *Bucoliques* a permis à Virgile de rencontrer Mécène, un proche d'Octave, négociateur des accords de Brindes, qui aimait à encourager les arts. C'est peut-être lui qui suggère à Virgile d'écrire une œuvre en l'honneur de l'agriculture italienne. Le poète, au livre III des *Géorgiques*, évoque en effet les « ordres [de Mécène qui] ne sont pas faciles à exécuter » mais « sans [lesquels s]on esprit n'entreprend rien de haut » (III, p. 113). Mécène encourage la volonté d'Octave de « re-moraliser » la société romaine en lui faisant retrouver les vertus d'antan (goût du travail et de l'effort, frugalité, austérité, simplicité…) et de remettre à l'honneur l'agriculture, négligée pendant les guerres civiles – problème d'autant plus crucial que, bien souvent, les vétérans auxquels des terres avaient été attribuées se montraient incapables de les cultiver et que les ennemis de Rome pouvaient organiser des blocus maritimes, empêchant le blé des provinces conquises de parvenir dans la cité.

Ce furent *Les Géorgiques*, qui sont effectivement parfaitement adaptées à ce programme. Poème sur l'agriculture, elles évoquent successivement le blé et la culture des champs (livre I), la vigne et l'arboriculture (livre II), les soins du bétail (livre III) et l'apiculture (livre IV). Virgile commence leur rédaction en 37. Cette année-là, Mécène se rend en mission diplomatique et politique à Brindes afin de réconcilier Antoine et Octave ; les poètes Virgile et Horace, entre autres, l'accompagnent. Il achève la rédaction en 29, alors que la bataille d'Actium a eu lieu et que le monde romain, désormais dirigé par Octave, est en paix. Donat, l'un des biographes tardo-antiques de Virgile, nous apprend que le poète en fit une lecture à voix haute à Octave en août 29.

LE POÈTE DE L'*ÉNÉIDE*

Dès avant cette lecture publique, Octave avait, semble-t-il, encouragé le poète à écrire une épopée exaltant Rome, et peut-être lui-même. Virgile affirme en effet au livre III des *Géorgiques* : « Bientôt pourtant je me préparerai à dire les ardentes batailles de César et à faire vivre son nom » (p. 113). Néanmoins, ce n'est pas Octave qu'il choisit d'évoquer dans l'*Énéide*, mais Énée, un Troyen qui, lors de la prise de sa cité par les Grecs, parvient à s'échapper avec son père, son fils et quelques compagnons, s'installe dans le Latium après bien des aventures et y fait souche. Parmi ses descendants figurent Romulus et Rémus ; Énée est donc l'ancêtre du peuple romain. Ce projet immense, qui va bien au-delà de la simple figure d'Énée par les liens sans cesse tissés entre cette époque mythique et le temps présent, occupe Virgile pendant dix ans.

LA MORT DE VIRGILE

En 19, Virgile commence un grand voyage en Grèce pour vérifier certains détails de son chef-d'œuvre, mais il tombe malade à Mégare, à l'extrémité de l'isthme de Corinthe. Il parvient à gagner Athènes où se trouve Auguste de retour d'un périple en Orient. Il décide alors d'interrompre son voyage et de rentrer à Rome avec lui. Mais il n'y parvient pas et décède à Brindisi, dans le sud de l'Italie. Ses cendres sont déposées à Naples, sur la colline du Pausilippe. Avant de partir, il avait fait jurer à son ami Varius de détruire l'*Énéide* s'il lui arrivait malheur ; à Brindisi, alité, il réclame encore son texte pour le brûler. Les modernes s'interrogent encore sur les raisons pour lesquelles il voulait détruire cette œuvre. Quoi qu'il en soit, sa dernière volonté ne fut pas respectée : l'*Énéide* fut publiée sur ordre d'Auguste, en l'état, c'est-à-dire avec quelques vers inachevés, en 17 av. J.-C.

LES GÉORGIQUES

GENRE LITTÉRAIRE ET SOURCES

Les Géorgiques se présentent comme un poème didactique, dont elles possèdent en effet un certain nombre de critères, tels qu'ils sont définis dans l'Antiquité : des adresses à des élèves à l'impératif ou selon des modalités prescriptives (« tu devras », « il faut »), une ébauche de plan au début de l'ouvrage, un dédicataire qui en suggère l'orientation (Mécène, auquel Virgile s'adresse dès le vers 2 et dont il évoque dans le livre III les ordres « pas faciles à exécuter »), l'invocation de divinités en lien avec le sujet, le vers employé (l'hexamètre dactylique) [1].

---

1. Voir Katharina Volk (*The Poetics of Latin Didactic : Lucretius, Vergil, Ovid, Manilius*, Oxford University Press, 2002), qui rappelle que, dans l'Antiquité, le « genre didactique » n'existe pas et que les poèmes didactiques font partie du genre épique, d'où l'usage de l'hexamètre dactylique, vers de l'épopée. Voir aussi William Batstone (« Virgilian didaxis : value and meaning in the

La poésie didactique a toujours figuré en bonne place dans la littérature antique : dans sa comédie *Les Grenouilles*, Aristophane (IVe siècle av. J.-C.) fait dire à Eschyle que, si les enfants ont des professeurs pour les éduquer, les hommes, eux, ont les poètes. En Grèce, dès la fin du VIIIe siècle av. J.-C., Hésiode, avec les huit cents vers des *Travaux et les Jours*, qui mêlent conseils d'agriculture, préceptes moraux et réflexions sur l'humanité (notamment à travers le mythe des âges), fait figure de référence ; après lui, aux VIe-Ve siècles, les philosophes présocratiques (Empédocle, Parménide…) ont pratiqué ce type de poésie, tout comme, à l'époque hellénistique (IIIe-IIe siècles av. J.-C.), Nicandre de Colophon (auteur notamment de *Géorgiques* et de *Melissurgiques* consacrées aux abeilles – *melissai*, en grec –, aujourd'hui perdues) et surtout Aratos, dont *Les Phénomènes* (astrologiques) eurent un très grand succès et furent traduits en latin, en particulier par Cicéron. À Rome, quelques années avant que Virgile entreprenne la rédaction des *Géorgiques*, Lucrèce avait écrit *De la nature des choses* (*De rerum natura*),

---

Georgics », *The Cambridge Companion to Virgil*, éd. C. Martindale, Cambridge University Press, 1997, p. 125-144), selon qui, dans *Les Géorgiques*, le public auquel s'adresse le poète est ambigu : il semble parfois être formé de fermiers, parfois d'hommes cultivés, parfois de compatriotes pleins de patriotisme, qui contribuent à former de multiples voix et à souligner les multiples perspectives de Virgile précepteur.

œuvre dans laquelle il initie les Romains à la physique, à la métaphysique et à la morale de son maître Épicure.

C'est bien sûr à ces sources qu'a puisé Virgile. S'il emprunte son titre à Nicandre, ses modèles sont Hésiode et Lucrèce : pour ne donner ici que quelques exemples, au livre II, il décrit son œuvre comme « un poème d'Ascra » (II, p. 84), patrie d'Hésiode, et l'on peut considérer que dans le livre I, comme son prédécesseur, il s'occupe successivement des « travaux » puis des « jours ». Et lorsque au livre II il s'exclame : « Heureux qui a pu connaître les causes des choses et qui a mis sous ses pieds toutes les craintes, et l'inexorable destin, et le bruit de l'avare Achéron ! » (p. 102), on peut y voir un rappel de la philosophie épicurienne, selon laquelle l'homme qui connaît les secrets de la nature se libère de bien des peurs, en particulier de celle de la mort ; on note de nombreux autres échos à Lucrèce dans les quatre livres des *Géorgiques*.

Virgile s'est aussi inspiré de nombreux auteurs ayant écrit en prose sur la nature ou sur l'agriculture, parmi lesquels on peut citer, côté grec, Théophraste (*Histoire des plantes*, IVe siècle av. J.-C.), Aristote (*Histoire des animaux*, IVe siècle), Ératosthène de Cyrène (*Catastérismes*, IIIe siècle), et, côté latin, Caton (*De l'agriculture*, v. 160 av. J.-C.) et surtout Varron, qui avait publié, précisément en 37 av. J.-C., son *Économie rurale*.

Dès lors, on peut se demander quelle a été l'intention de Virgile en écrivant *Les Géorgiques*. Certes, cet ouvrage peut être vu comme un manuel d'agriculture : certains critiques contemporains insistent sur le fait que les conseils donnés par Virgile sont sérieux et cohérents [1] ; du reste, au Ier siècle apr. J.-C., l'agronome Columelle (*De l'agriculture*) et le naturaliste Pline l'Ancien (*Histoire naturelle*) s'y réfèrent tous deux bien souvent. Pourtant, sachant que Varron avait publié son propre traité en 37, quel besoin aurait eu Virgile de se mettre à en écrire un lui-même à partir de la même date ? Par ailleurs, on a remarqué depuis longtemps que bien des aspects de la vie paysanne présents chez Varron ne sont pas traités ; par exemple, la culture de l'olivier, si importante en pays méditerranéen, n'est que très rapidement mentionnée, comme celle des légumes, à laquelle l'épisode du vieillard de Tarente aurait pu ou dû amener. On peut également pointer le fait que figurent dans l'ouvrage des passages qui tiennent *a priori* de l'*excursus* [2], qui n'ont rien à voir avec la thématique principale (l'exemple le plus frappant est le mythe d'Orphée dans le livre IV) et

1. Notamment M.S. Spurr, « Agriculture and the *Georgics* », *Vergil's Georgics. Oxford Readings in Classical Studies*, éd. K. Volk, Oxford University Press, 2008, p. 14-42. **2.** Il s'agit de passages développés pour eux-mêmes, qui semblent constituer des digressions par rapport aux conseils donnés aux agriculteurs. Sur l'intérêt et le sens de ces « digressions », voir Dossier, p. 229-233.

qui détonent donc dans un traité pratique. En outre, bien souvent, le poète semble aller au-delà de simples questions agricoles et s'intéresser à la politique, à la morale et à la religion. À cela s'ajoute que, dès l'Antiquité, Sénèque affirmait qu'avec *Les Géorgiques*, Virgile avait moins cherché à instruire les paysans qu'à « charmer ses lecteurs [1] », soulignant par là que l'auteur s'était fait poète plus que technicien.

Les Géorgiques ne sont donc pas seulement un ouvrage didactique sur l'agriculture ; elles n'ont pas – ou du moins pas seulement – pour but d'enseigner l'agriculture à des fermiers, mais cherchent à faire réfléchir à la place de l'homme dans le monde, à son bonheur et à ses souffrances, à sa relation avec la nature, à s'interroger sur l'amour comme puissance créatrice mais aussi destructrice, en somme à délivrer un message beaucoup plus large. Encore faut-il déterminer le sens exact de ce message, et l'on verra que ce n'est pas le plus simple.

Une composition plurielle

Le « plan » des *Géorgiques* est annoncé dès les quatre premiers vers : « Quel art fait les grasses moissons ; sous quel astre, Mécène, il convient de retourner la terre et de marier aux ormeaux les

1. Sénèque, *Lettres à Lucilius*, Lettre LXXXVI, 15.

vignes ; quels soins il faut donner aux bœufs, quelle sollicitude apporter à l'élevage du troupeau, quelle expérience à celle des abeilles économes, voilà ce que maintenant je vais chanter. » Ces vers délimitent en effet les quatre différents livres : livre I, labourage ; livre II, vigne et arboriculture ; livre III, élevage ; livre IV, apiculture.

Le plan annoncé par Virgile, en quatre livres, a d'emblée paru étonnant car il ne correspond à aucun traité agricole ancien. Certains y voient un souvenir de la tradition pythagoricienne, dans laquelle le chiffre 4 est associé à la terre, ce qui serait cohérent avec le sujet de l'œuvre. Eugène de Saint-Denis suggère que ce plan pourrait avoir été inspiré à Virgile par un éloge de la campagne qui figure dans l'ouvrage *De la vieillesse* écrit par Cicéron [1] :

> Et ce n'est pas seulement grâce aux moissons, aux prés, aux vignes et aux arbustes que les campagnes sont riantes, mais aussi grâce aux jardins, aux vergers, aux troupeaux, aux abeilles, et à l'infinie variété des fleurs [2].

De fait, on trouve dans ce texte plus ou moins la division virgilienne : moissons et prés dans le livre I des *Géorgiques*, vigne, arbustes, jardins, vergers dans le livre II, troupeaux dans le livre III et abeilles

---

1. Voir l'introduction d'Eugène de Saint-Denis à l'édition des *Géorgiques* (trad. E. de Saint-Denis, Les Belles Lettres, 7e éd., 1982). **2.** Cicéron, *De la vieillesse*, XV ; nous traduisons.

et fleurs dans le livre IV (ce qui a l'avantage d'expliquer pourquoi, chez Virgile, l'horticulture est insérée dans l'apiculture et donc réduite aux fleurs mellifères). Ajoutons que ce qui est traduit chez Cicéron par « campagnes *riantes* » est l'adjectif latin *lætus*, qui est aussi employé par Virgile à l'ouverture des *Géorgiques* : « [q]uel art fait les *grasses* moissons ? » (l'adjectif latin a les deux sens). L'hypothèse de Saint-Denis est plausible, et il est intéressant, alors, de constater que le plan choisi par Virgile n'est pas tiré d'un traité d'agriculture mais d'un éloge enthousiaste de la vie champêtre.

Dans ces quatre livres, il semble tout d'abord que l'on puisse opérer un groupement deux à deux : livres I et II (la terre) ; livres III et IV (les êtres vivants). Mais il est aussi loisible de noter entre les quatre livres une gradation, qui va du minéral au végétal et à l'animal, et de la terre à l'air : Virgile évoque d'abord la terre brute, puis les moissons ; il s'intéresse ensuite aux arbres ; on arrive alors aux troupeaux que la terre nourrit, lesquels représentent une forme plus élaborée du vivant et une première approche de l'homme, puisque l'animal est considéré par le paysan comme un humble compagnon, fraternellement associé à l'effort civilisationnel ; enfin, le livre IV est consacré aux abeilles, qui représentent le sommet de la hiérarchie des êtres animés et font entrer dans le monde des hommes, auxquels elles sont sans cesse comparées, mais aussi dans le monde des dieux, dans la mesure où le miel qu'elles produisent est une nourriture alchimique par excellence (produite par transformation de la fleur par l'animal) et une substance qui, par sa consistance (liquide et solide à la fois) et la capacité qu'elle a de se conserver, apparaît, d'après Joël Thomas, comme un « souvenir » sur la terre du nectar et de l'ambroisie [1]. Dans le même ordre d'idée, si l'on se souvient que, dans le *Phèdre* de Platon et dans toute la littérature antique, les abeilles sont une image idéale de l'inspiration, on peut juger que *Les Géorgiques* suivent une progression allant de la terre à l'idéal, en passant par le développement de la vie, végétale d'abord, animale ensuite, tournée enfin vers la pureté, le sacré, la poésie [2].

Toutefois, on peut repérer entre les différents livres des phénomènes d'opposition : le livre I, sur la culture des céréales, est assez sombre et se termine par la triste évocation des campagnes désertées et des dangers de guerre qui menacent. Le livre II, chant du bonheur offert par la riante Italie, porte sur les richesses de cette terre et fait succéder l'enthousiasme à la gravité, comme le montrent l'invocation remplie d'allégresse du début et l'atmosphère de paix et de prospérité qui

1. Joël Thomas, *Virgile. Bucoliques, Géorgiques*, Ellipses, 1998, p. 40. **2.** Opinion développée par Alain Michel dans sa « Présentation » des *Géorgiques* (trad. A. Michel, Imprimerie nationale, 1997).

baigne tout le livre. Le livre III est de nouveau un chant douloureux, qui évoque les souffrances des animaux et se termine en point d'orgue sur l'épizootie du Norique. Après lui, le livre IV apparaît lumineux et se déroule parmi les fleurs dans un univers paisible et laborieux, même si l'on peut aussi y relever la présence de la mort, puisque les abeilles renaissent, mais pas Eurydice.

Il faut mentionner pour finir un problème qui a divisé les critiques et fait couler beaucoup d'encre. Dans le grand commentaire qu'il a donné des *Géorgiques*, le grammairien Servius (IVe siècle apr. J.-C.) affirme que toute la fin du livre IV, qui porte sur Aristée et Orphée, est le fruit d'une modification que Virgile aurait fait subir à son texte. D'après Servius, le livre IV se terminait à l'origine par un éloge du poète Gallus, un ami de Virgile, préfet d'Égypte (c'est-à-dire gouverneur de cette province), déjà chanté dans les sixième et dixième *Bucoliques*, mais cet hommage aurait été supprimé sur ordre d'Auguste, après que Gallus fut tombé en disgrâce et se fut suicidé.

Certains chercheurs (surtout la critique française et italienne) font confiance à Servius et considèrent que cet éloge avait une place justifiée à la fin d'un poème sur l'agriculture, du fait de l'importance de l'Égypte comme pays agricole et de l'origine égyptienne de la légende selon laquelle le sang corrompu d'un taureau donne naissance à des abeilles ; ils cherchent alors souvent à définir le sens des épisodes d'Orphée et d'Aristée par rapport à Gallus. D'autres chercheurs (en particulier la critique anglo-saxonne) sont hostiles à cette hypothèse : ils insistent plutôt sur l'unité organique du livre IV, soulignent qu'il est peu probable que rien n'ait survécu d'une éventuelle version antérieure, et se demandent comment, dans une œuvre qui rend aussi souvent hommage à Mécène et à Auguste, Virgile aurait pu décider de développer sur un demi-livre l'éloge d'un personnage condamné.

Il est certes difficile de trancher : d'une part, la parfaite insertion des épisodes d'Aristée et d'Orphée dans la trame globale des *Géorgiques* rend difficilement acceptable l'hypothèse d'un remaniement imposé par Auguste, mais, d'autre part, il est peu probable que Servius ait inventé de bout en bout cette idée. Muriel Lafond propose une solution médiane intéressante : selon elle, il est possible que le public romain ait vu dans l'épisode d'Orphée puni une allusion claire à Gallus ; peu à peu, cette analogie ne serait plus apparue aussi nettement aux lecteurs, tandis que l'idée que *Les Géorgiques* se terminaient sur Gallus subsistait ; cette situation aurait donné naissance, chez Servius, à l'hypothèse de ces deux fins successives de l'œuvre [1].

---

1. Muriel Lafond, *Virgile, Les Géorgiques, Livres III-IV*, in M. Lafond et J.-P. De Giorgio, *Silves latines 2014-2015*, Neuilly, Atlande, p. 140-141.

Les Géorgiques ont traversé les siècles avec des fortunes variées. Tous les commentateurs reconnaissent qu'elles peuvent faire figure de parent pauvre dans l'œuvre de Virgile, peut-être parce qu'elles ont été jugées comme une œuvre de transition, à mi-chemin entre le style humble des *Bucoliques* et le style noble de l'*Énéide*, à mi-chemin aussi, dans la carrière de Virgile, entre des débuts déjà prestigieux et une apothéose magnifique. Le succès des *Géorgiques* n'a en particulier jamais égalé celui de l'*Énéide*, sans cesse commentée, traduite, imitée, analysée, interprétée. Muriel Lafond indique même que, parmi les graffitis de Pompéi, on relève infiniment plus de vers tirés des *Bucoliques* et de l'*Énéide* que de vers tirés des *Géorgiques*, preuve d'un intérêt moindre de la part du « grand public » [1].

Après l'Antiquité, le succès ou l'oubli des *Géorgiques* semblent avoir été tributaires du climat et des opinions de chaque époque. Au Moyen Âge, en particulier, l'œuvre a souffert du discrédit jeté sur les paysans par la figure biblique de l'agriculteur Caïn, assassin de son frère, le berger Abel. Au cours des XVIIe et XVIIIe siècles, au contraire, le goût de la vie rustique et des « bergeries » a suscité un regain d'intérêt pour une œuvre mettant en scène moissonneurs et éleveurs. Au XXIe siècle, les préoccupations d'ordre écologique semblent avoir

1. *Ibid.*, p. 117.

de nouveau attiré l'attention sur *Les Géorgiques*, comme en témoigne la récente traduction française, celle de Frédéric Boyer, publiée en 2019 sous le titre *Le Souci de la terre*. Dans la préface, l'auteur affirme que l'intention de Virgile dans cet ouvrage était d'« écrire le chant de la terre, de ses transformations », et précise qu'il s'agit d'une intention « que l'on peut partager encore aujourd'hui, voire davantage au regard de la situation écologique critique de notre monde : célébrer notre obscure condition terrestre dont nous semblons nous éloigner toujours davantage, vanter notre relation à la terre et au vivant, nous qui rêvons ou cauchemardons une fuite possible loin de la Terre » [1]. On peut difficilement dire de plus belle façon la modernité de cette œuvre antique.

Sylvie LAIGNEAU-FONTAINE

---

1. Virgile, *Le Souci de la terre*, trad. F. Boyer, Gallimard, « Blanche », 2019.

Les Géorgiques

LIVRE PREMIER

Le labourage

Sujet et division du poème des *Géorgiques* (p. 37). – Invocation aux dieux champêtres (p. 37). – Invocation à Auguste (p. 39). – Le labour (p. 41). – Les différentes espèces de terres (p. 41). – Les méthodes de culture (p. 42). – Les semailles (p. 44). – Origines de l'agriculture (p. 45). – Les instruments aratoires et l'aire (p. 47). – Moyen de prévoir la qualité d'une récolte (p. 49). – Les époques de l'année et les travaux qui leur sont appropriés (p. 50). – Occupations pour les jours de pluie et les jours de fêtes (p. 54). – Jours favorables ou défavorables (p. 54). – Travaux à exécuter la nuit, ou l'été, ou l'hiver (p. 55). – Tempête de l'équinoxe et moyen de prévoir le temps (p. 57). – Pronostics et signes du vent (p. 59), de la pluie (p. 61), du beau temps (p. 62). – Signes fournis par la lune (p. 63), par le soleil (p. 64). – Présages des guerres civiles au moment de la mort de César (p. 65). – Vœux en faveur d'Auguste (p. 67).

Sources : Hésiode. – Varron. – Théophraste. – Ératosthène d'Alexandrie (pour les travaux appropriés aux époques de l'année). – Caton, *De agricultura* (pour les occupations des jours de fêtes). – Aratus, *Phénomènes* (pour les signes et pronostics). – Varron de l'Atax, *Abrégé des phénomènes d'Aratus* (pour les signes).

Quel art fait les grasses moissons ; sous quel astre, Mécène [1], il convient de retourner la terre et de marier aux ormeaux les vignes [2] ; quels soins il faut donner aux bœufs, quelle sollicitude apporter à l'élevage du troupeau ; quelle expérience à celle des abeilles économes, voilà ce que maintenant je vais chanter.

Ô vous, pleins de clarté, flambeaux du monde [3], qui guidez dans le ciel le cours de l'année ; Liber [4], et toi, alme [5] Cérès [6], si, grâce à votre don, la terre a remplacé le gland de Chaonie [7] par l'épi lourd, et

1. C. Cilnius Mæcenas, le célèbre conseiller d'Auguste, protecteur des lettres et des arts. On sait son amitié pour Horace et Virgile. **2.** On « mariait » les vignes aux ormeaux et aux peupliers, en les suspendant par étages aux branches latérales de l'arbre, taillé à cette fin et en leur faisant gravir un échelon chaque année. Cet usage ancien est encore pratiqué dans l'actuelle Lombardie et en Andalousie. **3.** Le soleil et la lune. **4.** Bacchus, dieu du vin. **5.** « Alma », c'est-à-dire à la fois nourricière et vénérable. **6.** Déesse de l'agriculture. **7.** Contrée de l'Épire, célèbre par la forêt de chênes de Dodone (cf. *Bucoliques*, IX, 13) : le gland aurait été, d'après les traditions, la première nourriture de l'homme.

versé dans la coupe de l'Achéloüs [1] le jus des grappes par vous découvertes ; et vous, divinités gardiennes des campagnards, Faunes [2], portez ici vos pas, Faunes, ainsi que vous, jeunes Dryades [3] : ce sont vos dons que je chante. Et toi qui, le premier, frappant la terre de ton grand trident, en fis jaillir le cheval frémissant, ô Neptune [4] ; et toi, habitant des bocages, grâce à qui trois cents taureaux neigeux broutent les gras halliers de Céa [5] ; toi-même, délaissant le paternel bocage et les bois du Lycée [6], Pan,

---

1. Il faut entendre : l'eau de l'Achéloüs ; celui-ci, fleuve de l'Épire (auj. l'Aspropotamo), qui séparait l'Étolie de l'Acarnanie, et qui fait donc partie de cette Grèce nord-occidentale dont Virgile et d'autres poètes font le berceau de la civilisation. Les habitants de cette contrée se vantaient d'ailleurs d'avoir introduit en Grèce la culture de la vigne. **2.** Cf. *Buc.*, IV. Ce sont des dieux rustiques protecteurs des troupeaux. **3.** Elles sont ici invoquées en tant que nymphes protectrices des bois. **4.** On connaît la légende, selon laquelle Neptune et Minerve se disputaient l'honneur de donner un nom à la ville naissante d'Athènes ; les dieux décidèrent que cet honneur reviendrait à la divinité qui donnerait aux hommes les plus utiles présents. Neptune, d'un coup de son trident, fit jaillir du sol le cheval ; Minerve fit sortir de terre l'olivier, et les dieux lui donnèrent la victoire. **5.** Cet habitant des bocages « grâce à qui trois cents taureaux neigeux broutent les gras halliers de Céa » est Aristée, fils d'Apollon et de Cyrène, qui épousa Autonoé, fille de Cadmus, fondateur de la Cadmée de Thèbes. Il eut d'elle un fils, Actéon, qui au cours d'une chasse, transformé en cerf par Diane, fut dévoré par ses chiens. Son père en deuil quitta alors Thèbes pour l'île de Céa (auj. Zéa), l'une des Cyclades, qu'il délivra d'une terrible sécheresse provoquée par les ardeurs de Sirius. **6.** Le Lycée est, comme le Ménale, une montagne d'Arcadie (auj. le Diaforti) consacrée à Pan et aux Muses. Les *jeux lycéens* célébrés en l'honneur de Pan devinrent à Rome les Lupercales.

gardeur de brebis [1], si ton Ménale [2] t'est cher, assiste-moi, ô Tégéen [3], et me favorise ; et toi, Minerve, créatrice de l'olivier [4] ; et toi, enfant, qui nous montras l'areau recourbé [5] ; et Silvain, portant un tendre cyprès déraciné [6] ; vous tous, dieux et déesses, qui veillez avec soin sur nos guérets, qui nourrissez les plantes nouvelles nées sans aucune semence, et qui du haut du ciel faites tomber sur les semailles une pluie abondante.

Et toi enfin, qui dois un jour prendre place dans les conseils des dieux [7] à un titre qu'on ignore, veux-tu, César, visiter les villes ou prendre soin des terres et voir le vaste univers t'accueillir comme l'auteur des moissons et le maître des saisons, en te ceignant les tempes du myrte maternel [8] ? Ou bien deviendras-tu le dieu de la mer immense, pour que les marins révèrent ta seule divinité, que Thulé aux

---

1. Dieu des troupeaux particulièrement honoré en Arcadie. **2.** Montagne d'Arcadie. **3.** Tégée, ville d'Arcadie (auj. Piali), rendait à Pan un culte particulier. **4.** Cf. note 4, p. 38. **5.** Cet enfant est Triptolème, fils du roi d'Éleusis Célée, qui, ayant avisé Cérès de l'enlèvement de sa fille Proserpine, apprit d'elle l'art de labourer la terre et de semer le blé et institua les mystères d'Éleusis. **6.** Silvain, dieu des forêts, protecteur des propriétés rurales (*tutor finium*), était souvent confondu avec Pan et avec Faunus. On le représentait tenant à la main soit des lis ou des férules, soit un plant de cyprès ; cf. Horace, *Épodes*, II, 22. **7.** Virgile ajoute ici Octave Auguste aux dieux champêtres ; c'était l'usage alors de se représenter le prince comme un dieu, descendu du ciel et y devant remonter ; cf. Horace, *Odes*, I, 2, 45. **8.** Le myrte de Vénus, mère d'Énée et grand-mère d'Iule, dont les Jules prétendaient descendre.

confins du monde [1] soit soumise à tes lois, et que Téthys [2], au prix de toutes ses ondes, achète l'honneur de t'avoir pour gendre ? Ou bien, astre nouveau, prendras-tu place, aux mois lents dans leur course, dans l'intervalle qui s'ouvre entre Érigone et les Chèles qui la poursuivent [3] ? De lui-même, l'ardent Scorpion pour toi déjà replie ses bras et te cède dans le ciel plus d'espace qu'il n'en faut. Quel que soit ton destin (car le Tartare [4] ne saurait t'espérer pour roi, et ton désir de régner n'irait pas jusque-là, bien que la Grèce admire les Champs Élyséens [5] et que Proserpine n'ait cure de répondre aux appels de sa mère [6]), donne-moi une course facile, et favorise mes hardies entreprises, et, sensible comme moi aux misères des campagnards qui ne savent pas leur route, avance et accoutume-toi, dès maintenant, à être invoqué par des vœux.

1. Thulé, pays situé à l'extrémité nord-occidentale du monde connu des anciens et qu'on a identifié tantôt avec l'Islande, tantôt avec la Norvège, tantôt avec l'une des îles Shetland. **2.** Téthys est une divinité marine, fille d'Ouranos (le Ciel) et de Gaia (la Terre), épouse d'Océan et mère des fleuves. Le nom de Téthys est très souvent employé par les poètes latins pour signifier la mer, et, chez nous, La Fontaine et Chénier en ont fait grand usage dans le même sens. **3.** Érigone, sixième signe du Zodiaque ; les Chèles, huitième signe du Zodiaque. – Érigone, fille d'Icare et sœur de Pénélope, en apprenant la mort de son père massacré par des bergers ivres, se pendit de désespoir et fut changée en une constellation appelée Astrée ou la Vierge. – Les Chèles ou Pinces du Scorpion, venant après Érigone, ont l'air de la poursuivre. Au Ier siècle apr. J.-C., on substitua aux Pinces la Balance. **4.** Ici, les Enfers en général. **5.** Séjour, dans les Enfers, des héros et des hommes de bien. **6.** Proserpine, enlevée par Pluton et devenue reine des Enfers ; cf. Ovide, *Métamorphoses*, v. 385-550.

Au printemps nouveau, quand fond la glace sur les monts chenus et que la glèbe amollie s'effrite au doux Zéphyr [1], je veux dès lors voir le taureau commencer de gémir sous le poids de la charrue, et le soc resplendir dans le sillon qu'il creuse. La récolte ne comblera les vœux de l'avide laboureur que si elle a senti deux fois le soleil et deux fois les frimas : alors d'immenses moissons feront crouler ses greniers.

Mais avant de fendre avec le fer une campagne inconnue, qu'on ait soin d'étudier au préalable les vents, la nature variable du climat, les traditions de culture et les caractères des lieux, et ce que donne ou refuse chaque contrée. Ici les moissons viennent mieux ; là, les raisins ; ailleurs les fruits des arbres et les herbages verdoient d'eux-mêmes. Ne vois-tu pas comme le Tmolus [2] nous envoie ses crocus odorants [3], l'Inde son ivoire [4], les mols Sabéens [5] leurs encens, tandis que les Chalybes [6] nus nous donnent le fer, le Pont [7] son fétide baume de castor [8], l'Épire [9] les palmes des cavales d'Élis [10] ? Telles sont les lois et

1. Nommé encore *Favonius*, vent d'ouest qui commençait à souffler le 8 ou le 9 février et qui donnait le signal du printemps. **2.** Mont de Lydie (auj. Tomolitzi), au sud de Sardes. **3.** Les crocus du Tmolus étaient fameux, moins pourtant que ceux de la Cilicie. **4.** L'Inde est le pays des éléphants nombreux, mais dont l'ivoire cependant est moins renommé que celui des éléphants africains. **5.** Peuple de l'Arabie heureuse. **6.** Peuple de la Colchide, habile à travailler le fer et l'acier (grec *chalups*, « acier »). **7.** Le royaume du Pont (sur la mer Noire). **8.** On s'en servait comme onguent. **9.** L'Albanie actuelle. **10.** Il faut entendre les victoires remportées aux jeux Olympiques, célébrés en Élide.

les conditions éternelles que la nature a, dès le début, imposées à des lieux déterminés, lorsque aux premiers temps du monde Deucalion [1] jeta sur le globe vide les pierres d'où les hommes naquirent, dure engeance. Courage donc ! si le sol est de terre glaise, que dès les premiers mois de l'année de forts taureaux le retournent et que l'été poudreux cuise les mottes exposées aux rayons du soleil ; mais si le sol est peu fécond, il suffira d'y tracer, juste au retour de l'Arcture [2], un mince sillon : là, pour que les herbes ne fassent tort aux grasses récoltes ; ici, pour que le peu d'eau qui l'humecte abandonne un sable stérile.

Tes blés une fois coupés, tu laisseras la campagne se reposer pendant un an et, oisive, se durcir à l'abandon ; ou bien, l'année suivante, tu sèmeras, au changement de saison, l'épeautre doré là où tu auras précédemment récolté un abondant légume à la cosse tremblante, les menus grains de la vesce ou les tiges frêles et la forêt bruissante du triste lupin. Car une récolte de lin brûle la

1. Pyrrha et son mari Deucalion, fils de Prométhée, échappés seuls au déluge, furent portés par une barque au sommet du Parnasse, où l'oracle d'Apollon les invita, pour repeupler la terre, à jeter derrière eux « les os de leur mère ». Ils comprirent qu'il s'agissait des cailloux de la terre. Ceux qui furent jetés par Deucalion devinrent des hommes ; ceux jetés par Pyrrha devinrent des femmes. **2.** Brillante étoile située sur la ceinture du Bouvier, constellation qui fait suite à la queue de la Grande Ourse, l'Arcture se lève au début de septembre, à l'époque où il faut commencer le labour des terres sèches.

campagne, une récolte d'avoine la brûle, et les pavots la brûlent, imprégnés du sommeil Léthéen [1]. Mais pourtant, grâce à l'alternance, le travail fourni par la terre est facile ; seulement n'aie point honte de saturer d'un gras fumier le sol aride, ni de jeter une cendre immonde par les champs épuisés. C'est ainsi qu'en changeant de productions les guérets se reposent, et que la terre qui n'est point labourée ne laisse pas d'être généreuse.

Souvent aussi il a été bon d'incendier des champs stériles et de brûler le chaume léger à la flamme pétillante : soit que les terres en retirent des forces secrètes et des sucs nourriciers ; soit que tout leur virus soit cuit par le feu et qu'elles suent une humidité inutile ; soit que la chaleur dilate des passages en plus grand nombre et des pores invisibles, par où le suc arrive aux plantes nouvelles ; soit qu'elle durcisse le sol et en resserre les veines béantes, de façon à empêcher les effets des pluies fines, de l'ardeur d'un soleil dévorant ou des brûlures dues au froid pénétrant de Borée.

De plus, celui qui brise avec le hoyau les mottes inertes et qui fait passer sur elles les herses d'osier, fait du bien aux guérets, et ce n'est pas pour rien que du haut de l'Olympe la blonde Cérès le regarde. Il en va de même de celui qui, en tournant la charrue obliquement, rompt en sens

---

1. D'un sommeil qui, comme le Léthé aux Enfers, produit l'oubli : allusion à la vertu soporifique du pavot.

inverse des mottes qu'il a soulevées en creusant le sillon, qui tourmente la terre sans répit et commande aux guérets.

Priez pour avoir des solstices humides et des hivers sereins, ô laboureurs ; de la poussière en hiver est signe d'épeautre très abondant, de récolte abondante ; c'est ainsi que sans culture la Mysie [1] montre tant de jactance et que le Gargare [2] lui-même admire ses propres moissons.

Que dirai-je de celui, qui, dès les semailles faites, engage la lutte avec le guéret, brise les mottes qui hérissent le sol, puis fait passer sur ses semailles une eau courante et de dociles canaux ? Et, quand le champ brûlé voit les plantes mourir de chaleur, voici que du sommet sourcilleux d'une traverse déclive il fait jaillir l'onde ; celle-ci, en tombant sur un lit de cailloux lisses, fait entendre un murmure rauque, et rafraîchit de ses cascades les guérets altérés. Que dirai-je encore de celui qui, pour empêcher que le chaume ne succombe sous le poids des épis, fait paître le luxe de ses moissons, quand elles ne sont encore qu'herbe tendre, dès qu'elles atteignent la hauteur des sillons ; ou de celui qui déverse dans le sable avide l'eau stagnante amassée sur ses terres, surtout si pendant les mois douteux [3] le fleuve grossi

---

1. Contrée fertile du nord-ouest de l'Asie Mineure comprenant l'ancienne Troade. **2.** Cime culminante de la chaîne de l'Ida, en Mysie. **3.** Au printemps et en automne.

déborde et couvre tout au loin de son épais limon, en laissant des lagunes profondes d'où s'exhale une tiède vapeur ?

Et cependant, en dépit de tout ce mal que les hommes et les bœufs se sont donné pour retourner la terre, ils ont encore à craindre l'oie vorace, les grues du Strymon [1], l'endive aux fibres amères et les méfaits de l'ombre. Le Père des dieux [2] lui-même a voulu rendre la culture des champs difficile, et c'est lui qui le premier a fait un art de remuer la terre, en aiguisant par les soucis les cœurs des mortels et en ne souffrant pas que son empire s'engourdît dans une triste indolence. Avant Jupiter [3], point de colon qui domptât les guérets ; il n'était même pas permis de borner ou de partager les champs par une bordure : les récoltes étaient mises en commun, et la terre produisait tout d'elle-même, librement, sans contrainte. C'est lui qui donna leur pernicieux virus aux noirs serpents, qui commanda aux loups de vivre de rapines, à la mer de se soulever ; qui fit tomber le miel des feuilles [4], cacha le feu [5] et arrêta les ruisseaux de vin qui couraient çà et là : son but était, en exerçant le besoin, de créer peu

1. Les grues migratrices, venues du Strymon, fleuve de Thrace, dans la Grèce centrale ; cf. *Énéide*, X, 264 ; XI, 580. **2.** Jupiter, par vengeance contre Prométhée. **3.** Sous l'âge d'or de Saturne. **4.** Cf. *Buc.*, IV, 23 : *Et duræ quercus sudabunt roscida mella* (« Et les chênes durs distilleront une rosée de miel »). **5.** Cf. Hésiode, v. 50 : *krupsé dé pur* (κρύψε δὲ πῦρ).

à peu les différents arts, de faire chercher dans les sillons l'herbe du blé et jaillir du sein du caillou le feu qu'il recèle. Alors, pour la première fois, les fleuves sentirent les troncs creusés [1] des aunes [2] ; alors le nocher dénombra et nomma les étoiles : les Pléiades [3], les Hyades [4] et la claire Arctos, fille de Lycaon [5]. Alors on imagina de prendre aux lacs les bêtes sauvages, de tromper les oiseaux avec de la glu et d'entourer d'une meute les profondeurs des bois. L'un fouette déjà de l'épervier [6] le large fleuve, dont il gagne les eaux hautes ; l'autre traîne sur la mer ses chaluts humides. Alors on connaît le durcissement du fer et la lame de la scie aiguë (car les premiers hommes fendaient le bois avec des coins) ; alors vinrent les différents arts. Tous

1. En pirogues. **2.** Dont le bois ne pourrit pas dans l'eau. **3.** Les Pléiades, en lat. *Vergiliæ*, filles d'Atlas et d'Hespérie, furent enlevées par le roi d'Égypte Busiris ; Hercule les délivra, mais, persécutées ensuite par Orion, elles furent changées en une constellation, composée de sept étoiles appuyées sur l'épaule du Taureau ; leur lever (22 avril-10 mai) annonçait la belle saison et leur coucher (20 octobre-11 novembre) la mauvaise. **4.** Les Hyades (litt. les *Pluvieuses*, en lat. *Suculæ*), filles d'Atlas, roi de Mauritanie, moururent de désolation de la mort de leur frère Hyas, tué à la chasse, et furent changées en une constellation de cinq ou sept étoiles appuyées sur la tête du Taureau ; leur lever avait lieu entre le 16 mai et le 9 juin, et leur coucher, entre le 2 et le 14 novembre, périodes de pluies. **5.** Callisto, fille du roi d'Arcadie Lycaon, fut changée en ourse par Junon et mise au ciel par Jupiter, où elle forme la constellation de la Grande Ourse qui guidait les navigateurs. **6.** L'épervier des anciens (*funda* ou *jaculum*), filet de pêche muni de pierres ou de balles de plomb, qui « fouettent » les eaux quand on le lance.

les obstacles furent vaincus par un travail acharné et par le besoin pressant en de dures circonstances.

La première, Cérès apprit aux mortels à retourner la terre avec le fer, lorsque déjà manquaient les glands et les arbouses de la forêt sacrée et que Dodone [1] refusait toute nourriture. Bientôt les blés aussi connurent la maladie, telles que la nielle pernicieuse [2], rongeant les chaumes, et le stérile chardon hérissant les guérets ; les moissons meurent sous une âpre forêt de bardanes et de tribules, et au milieu de brillantes cultures s'élèvent l'ivraie stérile et les folles avoines. Si avec le hoyau tu ne fais pas une guerre assidue aux mauvaises herbes, si tu n'épouvantes à grand bruit les oiseaux, si la serpe en main tu n'élagues l'ombrage qui recouvre ton champ, si tu n'appelles la pluie par tes vœux, hélas ! tu en seras réduit à contempler le gros tas d'autrui et à secouer, pour soulager ta peine, le chêne [3] dans les forêts.

Il nous faut dire maintenant quelles sont les armes propres aux rudes campagnards et sans lesquelles les moissons n'auraient pu être semées ni

---

1. Ancienne ville de l'Épire (aux environs de la ville actuelle de Janina, en Albanie), au pied du Tmarus, célèbre par ses chênes qui prédisaient l'avenir ; cf. note 7, p. 37. **2.** La nielle ou rouille, maladie cryptogamique des céréales, était, pour les Romains, une divinité néfaste, *Robigo* ou *Robigus*, qu'on invoquait le 7 des calendes de mai (25 avril), époque à laquelle la nielle exerce ses ravages, en une cérémonie propitiatoire nommée Robigalies. La procession chrétienne de saint Marc correspond à cette ancienne cérémonie. **3.** Pour en faire tomber les glands.

lever : c'est d'abord le soc et le bois pesant de l'areau recourbé ; les chariots à la marche lente de la mère d'Éleusis [1] ; les rouleaux [2], les traîneaux [3], les herses au poids énorme, puis le vil attirail d'osier inventé par Célée [4], les claies d'arbousier et le van mystique d'Iacchus [5]. Tels sont les instruments que tu auras soin de te procurer longtemps d'avance, si tu veux mériter la gloire d'une campagne divine [6].

On prend tout de suite dans les forêts un ormeau qu'on ploie de toutes ses forces pour en faire un age [7] et auquel on imprime la forme de l'areau courbe ; on y adapte, du côté de la racine [8], un timon qui s'étend de huit pieds en avant [9], deux oreillons [10] et un sep à double revers [11]. On coupe d'avance un tilleul léger pour le joug et un hêtre altier pour le manche, qui, placé en arrière,

1. La mère d'Éleusis et de Cérès (ou Déméter), qui y avait son temple et qu'on célébrait, au cours de mystères, en promenant sa statue dans les chariots qu'elle protégeait. **2.** C'étaient de lourds plateaux à roues, garnis par-dessous de dents de fer ou de silex. **3.** C'étaient des plateaux sans roues, qui passaient derrière les « rouleaux » pour achever leur ouvrage. **4.** Roi d'Éleusis, père de Triptolème ; cf. note 5, p. 39. **5.** « Mystique », parce qu'il figurait aux fêtes d'Éleusis en l'honneur de Bacchus (Iacchus), le van, panier d'osier qui sépare la balle du grain, était un symbole de la purification. **6.** Une campagne protégée par les dieux : Cérès, Bacchus (Iacchus)… **7.** Age ou « queue de bœuf », partie centrale de la charrue ancienne, recourbée à l'une de ses extrémités. **8.** Du côté où était la racine, quand l'arbre était encore en place. **9.** Plus de 2,50 m. **10.** Cette paire d'oreillons en bois, situés à la partie inférieure de l'age, rejetait la terre à droite et à gauche. **11.** Le sep continue l'age et porte le soc à son extrémité antérieure.

fait tourner le bas du train : on suspend ces bois au-dessus du foyer et la fumée en éprouve la solidité.

Je puis te rappeler une foule de préceptes des anciens, si tu n'y répugnes pas et ne dédaignes pas de connaître de menus détails.

L'aire avant tout doit être aplanie avec un grand cylindre, retournée avec la main et durcie avec une craie tenace, de peur que les herbes n'y poussent ou que, vaincue par la poussière, elle ne se fende, et qu'alors des fléaux de toute sorte ne se jouent de toi : souvent le rat menu a établi ses demeures et creusé sous terre ses greniers ; ou encore les taupes aveugles [1] y ont creusé leurs tanières ; on y surprend en ses trous le crapaud et toutes les bêtes étranges que la terre produit ; un énorme tas d'épeautre est dévasté par les charançons ou par la fourmi craignant la gêne pour sa vieillesse [2].

Observe aussi l'amandier, lorsqu'il se revêtira de fleurs dans les bois et courbera ses branches odorantes : si les fruits surabondent, le blé suivra de même, et avec les grandes chaleurs il y aura à battre une grande récolte ; mais si un vain luxe de feuilles donne une ombre excessive, l'aire ne broiera que des chaumes riches en paille.

J'ai vu bien des gens traiter leurs semences en l'arrosant au préalable de nitre [3] et de marc noir,

1. Elles ont l'air d'être aveugles, à cause de leurs yeux tout petits et cachés dans les poils. **2.** Pour l'hiver : on croyait que les fourmis ne vivaient qu'un an. **3.** Carbonate de soude.

pour que le grain fût plus gros dans ses cosses trompeuses et plus prompt à s'amollir même à petit feu. J'ai vu des semences, choisies à loisir et examinées avec beaucoup de soin, dégénérer pourtant, si chaque année on n'en triait à la main les plus belles : c'est une loi du destin que tout périclite et aille rétrogradant. Tout de même que celui qui, à force de rames, pousse sa barque contre le courant, si par hasard ses bras se relâchent, l'esquif saisi par le courant l'entraîne à la dérive.

En outre, nous devons observer la constellation de l'Arcture [1], le temps des Chevreaux [2] et le Serpent lumineux [3] avec le même soin que les voyageurs qui, regagnant leur patrie à travers des mers orageuses, affrontent le Pont [4] et les passes ostréifères d'Abydos [5].

Quand la Balance [6] aura rendu égales les heures du jour et celles du sommeil, et partagé le globe

1. Cf. note 2, p. 42. **2.** Le temps des équinoxes (25 avril et 27 septembre). Les Chevreaux étaient deux étoiles placées sur le bras du Cocher. Leur lever annonçait la pluie et la tempête, d'où les épithètes de *pluviales* ou de *nimbosi* qu'on leur donne souvent. **3.** Constellation, nommée encore l'Hydre, qui annonce les tempêtes. **4.** Le Pont-Euxin, « mer hospitalière », ainsi nommée par antiphrase soit à cause des peuples hostiles qui habitaient ses bords, soit à cause de ses violentes tempêtes (auj. la mer Noire). **5.** Les Dardanelles actuelles. Abydos, en Asie Mineure (auj. Nagara-Bouroum), faisait face à Sestos, en Europe ; les « passes » qui séparent les deux villes ont à peine plus d'un mille de largeur. Les anciens y ramassaient beaucoup d'huîtres et de coquillages. **6.** Le septième signe du Zodiaque, correspondant à l'équinoxe d'automne.

par moitié entre la lumière et les ombres, exercez vos taureaux, laboureurs, semez l'orge dans les campagnes jusqu'à l'époque des pluies de l'intraitable solstice [1]. C'est aussi le moment de mettre en terre la graine de lin et le pavot de Cérès [2], et de rester penchés sur vos charrues aussi longtemps que la terre sèche le permet et que les nuées demeurent en suspens.

C'est au printemps qu'a lieu la semaille des fèves ; c'est alors aussi que t'accueillent, ô Médique [3], les sillons amollis, et qu'on place la culture annuelle du millet, quand l'éblouissant Taureau aux cornes dorées ouvre l'année [4] et que, cédant le champ à l'astre adverse [5], le Chien se couche [6].

Mais si tu travailles le sol pour récolter le froment ou le robuste épeautre, si tu ne vises que les épis seuls, attends la disparition des Atlantides Aurorales [7], attends que l'étoile de Gnosse à l'ardente Couronne [8] se retire [9], pour jeter aux

1. Le solstice d'hiver. **2.** Le pavot était consacré à Cérès, dont il ornait la couronne, parce qu'il avait procuré à la déesse le sommeil et l'oubli, lors du douloureux enlèvement de sa fille Proserpine ; cf. Ovide, *Fastes*, IV, 547. **3.** On nommait « médique » la luzerne importée de Perse en Grèce, au temps des guerres médiques. **4.** Le soleil entrait dans le Taureau le 17 avril, mois où le printemps ouvre la terre et les fleuves. Une étoile scintille sur chacune des cornes du Taureau : d'où l'épithète « dorées ». **5.** Le Taureau est tourné en sens inverse du Bélier et semble, quand il monte à l'horizon, aller à reculons. **6.** Le Chien se couche (30 avril) à l'époque où le Taureau se lève. **7.** Des Pléiades ; cf. note 3, p. 46. **8.** On croyait que la constellation de la Couronne était la couronne d'Ariane, fille de Minos, roi de Crète, et résidant à Gnosse. Bacchus avait placé Ariane au ciel. **9.** Le 9 novembre.

sillons les semences qu'ils réclament et confier hâtivement à une terre rebelle l'espérance de l'année. Beaucoup ont commencé avant le coucher de Maia[1], mais la récolte a trompé leur attente en ne leur donnant que des épis vides. Si au contraire tu sèmes la vesce et la vile faséole[2], si tes soins ne dédaignent pas la lentille de Péluse[3], le coucher du Bouvier[4] t'enverra des signes non obscurs : commence tes semailles et continue-les jusqu'au milieu des frimas.

Voilà pourquoi le Soleil d'or, par les douze astres du monde[5], régit l'univers divisé en tranches déterminées. Cinq zones embrasent le ciel[6] : l'une toujours rougeoyante de l'éclat du soleil et toujours brûlée par son feu ; autour d'elle, à droite et à gauche, s'étendent les deux zones extrêmes, couvertes de glace bleuâtre et où tombent des pluies noires ; entre elles et la zone médiane, deux autres ont été concédées aux malheureux mortels par la faveur des dieux, et une route les coupe l'une et l'autre par où tourne

---

1. L'une des sept Pléiades. **2.** Vulgairement, le pois « mange-tout ». **3.** Péluse (dont les ruines avoisinent l'actuel Port-Saïd) produisait d'excellentes lentilles. **4.** Le Bouvier est une constellation dont l'Arcture est une étoile (cf. note 2, p. 42) ; elle se couche au début de novembre. **5.** Les douze signes du Zodiaque : le Bélier (auquel présidait Minerve), le Taureau (Vénus), les Gémeaux (Apollon), le Cancer (Mercure), le Lion (Jupiter), la Vierge (Cérès), la Balance (Vulcain), le Scorpion (Mars), le Sagittaire (Diane), le Capricorne (Vesta), le Verseau (Junon), les Poissons (Neptune). **6.** La zone torride, les deux zones tempérées, les deux zones glaciales.

l'ordre oblique des Signes [1]. Si la voûte céleste monte vers la Scythie et les contreforts des Riphées [2], elle s'abaisse et descend vers les autans de la Libye. L'un de ces pôles est toujours au-dessus de nos têtes ; l'autre est sous nos pieds, vis-à-vis du Styx noir et des profondeurs où vont les Mânes. Ici l'immense Serpentaire [3] monte et glisse en replis sinueux, passe, à la façon d'un fleuve, autour et au travers des deux Ourses, des Ourses craignant de se tremper dans la plaine liquide [4]. Là-bas, si l'on en croit ce qu'on raconte, règne une nuit d'éternel silence, et les ténèbres y sont épaissies par le voile de la nuit ; ou bien l'Aurore, en nous quittant, y ramène le jour, et quand le soleil levant nous fait sentir le souffle de ses chevaux haletants, là-bas Vesper rougissant allume des feux tardifs.

De là vient que nous pouvons, même par un ciel douteux, connaître d'avance les saisons, distinguer le temps de la moisson et le temps des semailles ; quand il convient de fendre avec les rames le marbre perfide des flots [5], ou de lancer des flottes armées, ou de déraciner à propos le pin dans les forêts. Ce n'est pas en vain non plus que nous observons le coucher et le lever des astres

---

1. Le Zodiaque est incliné de 23°5 sur l'équateur. **2.** Montagnes indéterminées situées au nord de la Scythie, qui comprenait les régions de la Russie du Nord-Est et de la Sibérie du Nord-Ouest. **3.** Ou Dragon, constellation du pôle Nord. **4.** Car elles ne quittent jamais l'horizon. **5.** Cf. Homère, *Iliade*, XIV, 273.

et les diverses saisons qui se partagent également l'année.

Si d'aventure une pluie froide retient le cultivateur chez lui, il peut faire à loisir bien des ouvrages qu'il lui faudrait plus tard hâter par un ciel serein : le laboureur martèle le dur tranchant du soc émoussé ; il creuse des nacelles [1] dans un arbre, ou marque son bétail, ou numérote ses tas de blé. D'autres aiguisent des pieux et des échalas fourchus [2] et préparent, pour la vigne flexible, des liens d'Amérie [3]. Il faut tantôt tresser une molle corbeille avec la baguette des ronces, tantôt griller les grains au feu, tantôt les broyer avec une pierre. Oui, même aux jours de fête, il est des travaux auxquels les lois divines et humaines permettent de se livrer ; jamais la religion n'a défendu de détourner le cours des ruisseaux, de border la moisson d'une haie, de tendre des pièges aux oiseaux, d'incendier les broussailles et de plonger dans une onde salutaire un troupeau de moutons bêlants. Souvent le conducteur d'un ânon qui s'attarde charge les flancs de l'animal d'huile ou de fruits grossiers, et rapporte, à son retour de la ville, une pierre incuse [4] ou une masse de poix noire.

La Lune elle-même a mis dans son cours les jours favorables à tels ou tels travaux. Évite le cinquième [5] : c'est lui qui a vu naître le pâle Orcus [6]

---

1. Qui servent de paniers à vendanges. **2.** Cf. *Géorgiques*, II, p. 94. **3.** Liens faits de branchettes de saule. Le saule abondait à Amérie, en Ombrie. **4.** Une pierre de meule. **5.** Jour de la stérile Minerve, jour néfaste. **6.** Le pâle dieu de la Mort.

et les Euménides [1] ; c'est alors que dans un abominable enfantement la Terre créa Cée et Janet [2], et le farouche Typhée [3] et les frères qui avaient juré de forcer le ciel [4]. Trois fois ils s'efforcèrent de mettre Ossa sur Pélion, et de rouler sur Ossa l'Olympe [5] feuillu ; trois fois le Père [6], de sa foudre, jeta bas les monts entassés. Le septième jour est après le dixième le plus favorable pour planter la vigne, dresser les taureaux qu'on a pris, et mettre de nouvelles lices [7] à la chaîne ; le neuvième est propice à la fuite, contraire aux larcins.

Beaucoup de travaux nous sont rendus plus faciles par la fraîcheur de la nuit ou par la rosée dont, au lever du soleil, l'Aurore humecte les terres. La nuit, les éteules légères sont plus faciles à faucher, les prairies desséchées se fauchent mieux ; la nuit, l'humidité qui assouplit les plantes ne fait jamais défaut. Tel veille aussi aux

---

1. Les Furies, filles de l'Achéron et de la Nuit, ou, suivant une autre tradition, de Pluton et de Proserpine ; les Grecs les nommaient Érinnyes, c'est-à-dire vengeresses, et les Latins, par antiphrase, Euménides, c'est-à-dire bienveillantes. **2.** Titans, fils d'Uranus et de la Terre. **3.** Fils du Tartare et de la Terre, géant au corps terminé par d'énormes vipères, qui escalada le ciel, et qui fut précipité par Jupiter et enseveli sous l'Etna, d'où il continua à vomir des flammes. **4.** Otus et Éphialte demi-dieux, fils de Neptune et d'Iphimédie, femme d'Aloée (d'où leur nom d'Aloïdes ; cf. *Én.*, VI, 582) ; grossissant chaque année d'une coudée et grandissant d'une toise, ils voulurent escalader le ciel à neuf ans et furent tués par Apollon. **5.** Monts de Thessalie. **6.** Le père des dieux, Jupiter. **7.** Fils qui, dans le métier à tisser, embrassent et actionnent les fils de la chaîne, pour faire passer la navette.

feux tardifs d'une lumière d'hiver, et, un fer pointu à la main, taille des torches en forme d'épis ; cependant, charmant par ses chansons l'ennui d'un long labeur, sa compagne fait courir un peigne crissant sur les toiles, ou cuire la douce liqueur du moût aux flammes de Vulcain, et écume avec des feuilles l'onde du chaudron qui bout.

Mais c'est en pleine chaleur qu'on coupe la rubiconde Cérès [1] et c'est en pleine chaleur que l'aire broie les moissons mûries. Mets-toi nu pour labourer, mets-toi nu pour semer : l'hiver, le cultivateur se repose. Pendant les froids, les laboureurs jouissent d'ordinaire du fruit de leurs travaux, en donnant tour à tour de gais festins entre eux. L'hiver aux bons génies [2] les régale et chasse leurs soucis : ainsi, quand les carènes chargées ont enfin touché le port, les matelots joyeux mettent sur les poupes des couronnes. Mais pourtant c'est aussi le moment, alors, de cueillir les glands du chêne, et les baies du laurier, et l'olive, et la myrtille sanglante ; c'est le moment de tendre des pièges aux grues, des rets aux cerfs, de poursuivre les lièvres aux longues oreilles ; le moment d'abattre les daims en faisant tournoyer les lanières d'étoupe de la fronde chère aux Baléares [3], tandis qu'une

1. Les épis de blé vermeils. **2.** Où l'on fête le Génie bienveillant qui accompagnait chaque homme durant sa vie. **3.** Les habitants des Baléares étaient d'excellents frondeurs.

neige épaisse couvre la terre et que les fleuves charrient des glaçons.

Que dirai-je des tempêtes et des constellations de l'automne[1], et, quand déjà le jour est plus court et l'été plus doux, des soins que les gens doivent prendre, ou quand se déchaîne le printemps porteur de pluies, qu'une moisson d'épis déjà hérisse la plaine, et que les grains laiteux du blé se gonflent sur leur tige verte ? Souvent, quand le cultivateur introduisait le moissonneur dans les guérets dorés et coupait déjà les orges à la tige frêle, j'ai vu moi-même tous les vents se livrer des combats si terribles qu'ils déracinaient et faisaient voler au loin dans les airs la lourde moisson, et l'ouragan emporter alors dans un noir tourbillon le chaume léger et les feuilles volantes. Souvent aussi une immense traînée d'eaux s'avance dans le ciel et un cortège de nuées venu de la haute mer recèle l'affreuse tempête aux sombres pluies ; le haut éther fond, et noie dans un déluge énorme les riches semailles et les travaux des bœufs ; les fossés se remplissent, le lit des fleuves s'enfle en mugissant, et la plaine liquide bouillonne en ses abîmes soulevés. Le Père[2] lui-même, au sein de la nuit des nuées, lance ses foudres d'une dextre flamboyante ; sous la secousse la terre immense tremble, les bêtes se sont enfuies, et une consternation effroyable a abattu les cœurs des mortels.

1. L'Arcture, les Chevreaux, la Couronne, le Centaure.
2. Cf. note 6, p. 55.

Lui, de son trait enflammé, renverse l'Athos [1] ou le Rhodope [2] ou les sommets Cérauniens [3] ; les autans redoublent, la pluie tombe dru ; tantôt les bois, tantôt les rivages retentissent sous les coups de l'ouragan énorme. Par crainte de ces maux, observe les mois du ciel et les astres, l'endroit où se retire la froide étoile de Saturne [4], et les cercles du ciel où erre le feu de Cyllène [5].

Avant tout, honore les dieux, et offre à la grande Cérès un sacrifice annuel [6] en accomplissant les rites sur de gras herbages, quand le déclin de l'extrême hiver fait déjà place au printemps serein. Alors les agneaux sont gras, et les vins très moelleux ; alors le sommeil est doux et les ombres sont épaisses sur les montagnes. Qu'avec toi toute la jeunesse champêtre [7] adore Cérès, mêle en son honneur des rayons de miel à du lait et au doux Bacchus ; que la victime propitiatoire [8] fasse trois fois le tour des moissons nouvelles ; que tout le

---

1. Mont de Macédoine, à l'extrémité sud-est de la Chalcidique. **2.** Montagnes de la Thrace, pays de la légende d'Orphée (auj. le Despoto-Dagh). **3.** Les monts Acrocérauniens, « sommets de la foudre », chaîne de l'Épire. **4.** Saturne, étant la planète la plus éloignée du soleil, passait pour froide. Suivant la constellation où elle se trouvait, elle déchaînait de la grêle (Scorpion) ou des pluies (Capricorne). **5.** Mercure était né sur le mont Cyllène (auj. Ziria), en Arcadie : l'astre ou « feu » de Cyllène était nommé en grec le Brillant (*Stilbôn*). **6.** Le sacrifice offert pendant la fête annuelle des Ambarvales, qui avait lieu au mois de mai pour purifier les champs ; cf. Tibulle, II, 1. **7.** Tous les serviteurs prenaient part aux rites des Ambarvales. **8.** Un porc, un mouton ou un taureau, suivant la fortune de chaque paysan ; cf. Tibulle, I, 1.

chœur et tes compagnons l'accompagnent avec allégresse et appellent par leurs cris Cérès dans ta demeure ; et que personne enfin ne porte la faucille sur les épis mûrs avant d'avoir en l'honneur de Cérès [1], les tempes ceintes d'une couronne de chêne [2], célébré les danses sans art et chanté les cantiques.

Et pour que nous puissions connaître à des signes certains les chaleurs, et les pluies, et les vents précurseurs du froid, le Père [3] lui-même a déterminé ce qu'annonceraient les phases de la lune, quel signe marquerait la chute des autans, quels indices souvent répétés engageraient les cultivateurs à tenir leurs troupeaux plus près des étables.

Tout d'abord, quand les vents se lèvent, les eaux de la mer commencent, agitées, à s'enfler, et un bruit sec à se faire entendre sur le sommet des monts ; ou bien les rivages commencent à retentir au loin sous les vagues qui se heurtent et le murmure des bois ne cesse de grandir. Déjà l'onde n'épargne qu'à regret les carènes courtes : c'est alors que les plongeons s'envolent à tire-d'aile du milieu de la plaine liquide et frappent les rivages

1. Il s'agit ici d'une seconde fête, précédant les moissons, et où l'on sacrifiait à Cérès une truie nommée « précidanée » (*porca præcidanea*), parce que, son immolation une fois faite, on commençait la moisson et on offrait les prémices à la déesse. **2.** Pour rappeler que, par la grâce de Cérès, l'épi avait remplacé le gland. **3.** Cf. note 6, p. 55.

de leurs cris, c'est alors que les foulques marines se jouent sur la côte, et que le héron quitte ses marais familiers pour survoler la hauteur d'un nuage. Souvent aussi, quand le vent menace, tu verras des étoiles, précipitées du ciel, glisser et, derrière elles, dans l'ombre de la nuit, laisser de longues traînées de flammes blanchissantes ; souvent tu verras voltiger la paille légère et les feuilles qui tombent, ou des plumes flotter en se jouant à la surface de l'eau. Mais quand la foudre éclate du côté du farouche Borée [1], et quand tonne la demeure d'Eurus [2] et de Zéphyr [3], toutes les campagnes baignent à pleins fossés, et tout marin en mer cargue ses voiles humides. Jamais pluie n'a surpris les gens à l'improviste : en la voyant surgir dans le fond des vallées, les grues ont fui dans les airs ; ou la génisse, les yeux levés vers le ciel, a humé les brises de ses larges naseaux ; ou l'hirondelle, avec des cris aigus, a voltigé autour des lacs ; et les grenouilles, dans leur vase, ont chanté leur antique complainte [4]. Assez souvent aussi la fourmi, foulant un chemin étroit, a tiré ses œufs de ses demeures profondes ; un énorme arc-en-ciel a bu l'eau [5] ; et, revenant de la pâture en une

---

1. Borée, fils d'Astrée et de l'Aurore, personnifiait le vent du nord sous les traits d'un vieillard chenu. **2.** Vent du sud-est, nommé encore *Volturnus*. **3.** Cf. note 1, p. 41. **4.** Ovide (*Mét.*, VI, 317-381) conte que Latone, insultée par des paysans, obtint de Jupiter qu'ils fussent changés en grenouilles : il y aurait dans le chant plaintif des grenouilles la tristesse résultant de cette métamorphose. **5.** La croyance populaire attribuait à l'arc-en-ciel le pouvoir de boire,

longue colonne, une dense armée de corbeaux a fait claquer ses ailes. On voit aussi les divers oiseaux de mer, et ceux qui, hôtes des étangs d'eau douce, fouillent çà et là les prés asiatiques du Caystre [1], répandre à l'envi sur leurs épaules les eaux de pluie abondantes, et tantôt présenter leur tête aux flots, tantôt s'élancer dans les ondes, brûlant d'une envie folle de s'y plonger toujours. Alors la corneille importune appelle la pluie à pleine voix et toute seule se promène sur le sable sec. Les jeunes filles elles-mêmes, en tournant la nuit leurs fuseaux, ne sont pas sans connaître l'approche de l'orage, quand elles voient l'huile scintiller dans la lampe d'argile et la mèche charbonneuse se couvrir de noirs champignons.

À des signes non moins certains, tu pourras, pendant la pluie, prévoir et reconnaître le retour du soleil et des beaux jours. Car alors l'éclat des étoiles ne semble point pâlir ni la Lune à son lever emprunter sa lumière aux rayons de son frère [2] ; on ne voit pas non plus de minces flocons de laine être emportés à travers le ciel ; les alcyons chers à Thétis [3] ne déploient pas leurs plumes sur le

---

c'est-à-dire de pomper l'eau par ses extrémités et de la déverser en pluie sur la terre ; cf. Ovide, *Mét.*, I, 271. **1.** Le Caystre, fleuve de Lydie (auj. le Koutchouk-Meinder), se jette dans la mer près d'Éphèse. Homère (*Iliade*, II, 459-461) conte que ses bords étaient peuplés de bandes de cygnes. **2.** Phébus, le soleil, à qui, selon les anciennes théories, la lune empruntait sa lumière. **3.** Thétis est l'une des filles de Nérée, le vieillard de la mer, et la mère d'Achille. Alcyone, fille d'Éole et d'Ægiale, perdit dans un naufrage son mari Céyx, roi de Trachine en Thessalie, et, désespé-

rivage aux rayons d'un tiède soleil, et les porcs immondes ne songent plus à mettre en pièces avec leurs groins et à éparpiller des bottes de foin. Mais les brouillards descendent toujours plus bas et s'étendent sur la plaine ; et, observant du haut d'une terrasse le coucher du soleil, le hibou, vainement, exécute son chant tardif. Très haut, dans l'air translucide, apparaît Nisus, et Scylla[1] est punie pour le cheveu de pourpre ; de quelque côté qu'elle s'enfuie, en fendant l'éther léger de ses ailes, voici qu'ennemi acharné, Nisus à grand fracas la poursuit dans les airs ; partout où Nisus s'élance dans les airs, elle s'enfuit en fendant rapidement l'éther léger de ses ailes. Alors les corbeaux, le gosier serré, répètent trois et quatre fois des notes claires, et souvent, au haut de leurs couches, en proie à je ne sais quels transports d'une douceur insolite, ils mènent grand fracas entre eux dans le feuillage ; heureux sans doute, quand les pluies sont passées, de revoir leur petite progéniture et leurs doux nids. Non pas que je croie que la divinité leur ait départi une intelligence ni le destin une prévoyance supérieure à la

---

rée, se jeta dans la mer. Thétis changea Alcyone et Céyx en alcyons ; cf. Ovide, *Mét.*, XI, 266-295. **1.** Nisus, roi de Mégare, avait un cheveu de pourpre auquel un oracle avait attaché le sort de la ville. Sa fille, Scylla, éprise de Minos qui assiégeait la ville, lui porta ce cheveu qu'elle avait arraché à son père endormi. Minos, méprisant cette trahison, la fit attacher au gouvernail de son navire : les dieux la changèrent en huppe et son père en aigle marin ; cf. Ovide, *Mét.*, VIII, 1-151.

nôtre ; mais quand la température et la mobile humidité du ciel ont pris un nouveau cours, quand Jupiter[1] mouillé par les autans tantôt condense ce qui était tout à l'heure léger, tantôt relâche ce qui était dense, les dispositions des âmes se trouvent transformées, et les cœurs éprouvent alors des émotions tout autres que quand le vent poussait les nuées : de là le concert des oiseaux dans les champs, la joie des bêtes et les cris de triomphe que poussent les corbeaux.

Si tu observes le soleil dévorant et les phases successives de la lune, jamais le temps du lendemain ne te trompera, ni jamais tu ne te laisseras prendre aux pièges d'une nuit sereine. Quand la lune rassemble d'abord ses feux renaissants, si sa corne obscurcie embrasse un air noir, c'est une immense pluie qui va se préparer pour les laboureurs et pour la mer ; mais si elle revêt son front d'une rougeur virginale[2], il y aura du vent : le vent fait toujours rougir l'or de Phébé. Si à son quatrième lever (car c'est là le plus sûr présage), elle est pure et parcourt le ciel sans que ses cornes soient émoussées, ce jour tout entier et ceux qui en naîtront jusqu'à la fin du mois se passeront sans vent ni pluies, et les marins sauvés acquitteront sur le rivage les vœux faits à Glaucus, à Panopée et à l'Inoen Mélicerte[3].

---

1. Ici, l'air ; cf. *Géorg.*, II, p. 97, *maturis metuendus Juppiter uvis*, « craindre Jupiter pour les raisins mûrs » ; et Horace, *Od.*, I, 1, 25, *manet sub Jove frigido*, « demeure sous un Jupiter glacé ». **2.** Allusion à la virginité de Diane. **3.** Cf. Callimaque, XV. Glaucus, pêcheur d'Anthédon, en Béotie (auj. Lukisi), ayant mangé

Le soleil aussi, et à son lever, et lorsqu'il se cachera dans les ondes, donnera des pronostics : le soleil s'accompagne d'infaillibles pronostics, qu'il les offre le matin ou à l'heure où se lèvent les astres. Quand son disque naissant sera semé de taches et caché dans une nuée qui en dérobe la moitié, attends-toi à des pluies : car de la haute mer menace le Notus [1], funeste aux arbres, aux semailles et au bétail. Ou bien, lorsque au point du jour parmi d'épais brouillards, ses rayons divergents se brisent, ou que l'Aurore sortira toute pâle de la couche crocéenne [2] de Tithon [3], hélas ! le pampre alors aura du mal à défendre les douces grappes contre la grêle épaisse qui saute en crépitante averse sur les toits !

Mais plus encore, c'est quand, parvenu au terme de sa carrière, le soleil va quitter l'Olympe [4], qu'il est utile de faire attention : car nous voyons

---

d'une herbe magique, se précipita dans la mer, où il fut changé en dieu marin ; cf. Ovide, *Mét.*, XIII, 897-967. – Panopée, l'une des cinquante filles de Nérée et de Doris, celle dont il est question dans l'*Iliade*, XVIII, 45. – Mélicerte, fils d'Ino, fuyant avec sa mère son père Athamas, devenu fou furieux, s'élança avec elle dans la mer, et tous deux furent changés en divinités marines : Mélicerte sous le nom grec de Palémon et latin de Portumne ; Ino, sous ceux de Leucothoé et de Matuta. **1.** L'Auster. **2.** Dorée. **3.** L'Aurore s'éprit du beau Tithon, prince troyen, fils de Laomédon et frère de Priam, l'enleva, eut de lui deux fils, Memnon et Émathéon. Elle l'adorait et, à l'aube, sortait exténuée et pâle de sa couche. Elle obtint pour lui l'immortalité, mais, ayant omis de demander en même temps une éternelle jeunesse, Tithon vieillit, tomba en décrépitude, et fut finalement changé en cigale. **4.** C'est-à-dire le ciel.

souvent diverses couleurs errer sur sa face : le bleu sombre annonce la pluie ; la couleur feu, les Eurus[1] ; mais si des taches commencent à se mêler à ce feu rougeoyant, tu verras alors toute la nature agitée d'un coup par le vent et les nuées pluvieuses. Il n'est personne, par une telle nuit, qui se déciderait à gagner le large ni à détacher le câble de la terre. Mais si, lorsqu'il nous ramène ou nous retire le jour, son disque brille radieux, la frayeur que t'inspireront les nuages sera vaine, et tu verras les forêts s'agiter sous un clair[2] Aquilon. Enfin quel temps amènera le tardif Vesper, d'où le vent pousse les nuages sereins, à quoi songe l'humide Auster : voilà ce que le soleil t'indiquera.

Le soleil ! qui oserait le traiter d'imposteur ? Lui, qui nous avertit souvent que d'obscurs tumultes nous menacent et que couvent sourdement la trahison et les guerres !

Lui qui eut pitié de Rome à la mort de César, quand il couvrit sa tête brillante d'une sombre rouille[3], et qu'un siècle impie redouta une nuit éternelle. En ce temps-là d'ailleurs la terre aussi, et les plaines de la mer, et les chiennes maléficieuses

---

1. C'est-à-dire les vents. **2.** Il chasse les nuages. **3.** Allusion probable à une assertion de Pline, qui dit qu'« après la mort de César le soleil fut continuellement pâle pendant presque une année », *occiso dictatore Cæsare, totius pæne anni pallore continuo* (II, 20). Cette assertion est confirmée par Ovide, *Mét.*, XV, 788 : ... *Solis quoque tristis imago/ Lurida sollicitis præbebat lumina terris*, « Et la triste apparence du soleil répandait sur les terres inquiètes une lumière blafarde ». Cf. aussi Dion, XLV, 17 ; Cicéron, *Philippiques*, IV, 20.

et les oiseaux sinistres fournissaient des présages. Que de fois nous avons vu l'Etna [1], brisant ses fournaises, inonder en bouillonnant les champs des Cyclopes, et rouler des globes de flammes et des rocs liquéfiés ! La Germanie entendit un bruit d'armes dans toute l'étendue du ciel [2] ; les Alpes tremblèrent de mouvements insolites. Une voix aussi fut entendue partout dans le silence des bois sacrés, une voix énorme ; et des fantômes d'une étrange pâleur apparurent à l'entrée de la nuit ; et des bêtes parlèrent, indicible prodige ! Les fleuves s'arrêtent et les terres s'entrouvrent, et dans les temples l'ivoire affligé pleure et l'airain sue. Le roi des fleuves, l'Éridan [3], entraîne et fait tourner les forêts dans un fol tourbillon, et roule à travers toutes les plaines les grands troupeaux avec leurs étables ! Et dans le même temps des fibres [4] menaçantes ne cessèrent d'apparaître dans les entrailles [5] sinistres, ni le sang ne cessa de couler dans les puits, ni les hautes villes de retentir pendant la nuit des hurlements des loups. Jamais la foudre ne tomba

---

1. Le volcan de la côte orientale de Sicile (auj. Monte Gibello), où certaines fables plaçaient les forges de Vulcain et des Cyclopes. Tite-Live rapporte qu'à la mort de César l'Etna entra en une violente éruption, qui fit sentir ses effets jusqu'à Rhegium. **2.** Les légions de Germanie, par un effet de mirage produit par une aurore boréale, avaient cru se voir dans les airs entrechoquant leurs armes. **3.** Le Pô actuel, le plus grand des fleuves d'Italie. **4.** On appelait « fibres » les saillies des viscères. **5.** On désignait par ce nom d'« entrailles » aussi bien les entrailles proprement dites que des organes comme le cœur, le foie, la rate et les reins.

plus souvent par un ciel serein, ni ne brûlèrent si souvent de farouches comètes[1].

Ainsi Philippes a-t-il vu pour la seconde fois[2] les armées romaines s'affronter avec les mêmes armes[3], et les dieux d'en haut ne s'indignèrent pas de voir l'Émathie[4] et les larges plaines de l'Hémus[5] s'engraisser deux fois de notre sang. Sans doute aussi un temps viendra-t-il que, dans ces contrées, le laboureur, en remuant la terre avec l'airain courbé, trouvera des javelots rongés d'une rouille lépreuse ou, de ses herses pesantes, qu'il heurtera des casques vides, et s'étonnera de voir dans les sépulcres entrouverts des ossements énormes[6].

Dieux de nos pères, dieux Indigètes[7], et toi[8] Romulus[9], et toi Vesta notre mère[10], qui veilles

---

1. Allusion probable à la comète qui, après la mort de César, se leva sept nuits de suite dans le ciel vers la onzième heure. **2.** En 48, Pharsale avait vu César triompher de Pompée ; six ans plus tard, et non loin de Pharsale, dans la même province de Macédoine, à Philippes, Octave et Antoine vainquirent les meurtriers de César : Brutus et Cassius. **3.** Cf. Lucain, *Pharsale*, 1, 7 : *Pares aquilas et pila minantia pilis*, « Les mêmes enseignes, et javelots romains contre javelots romains ». **4.** La partie de la Macédoine où se trouvait la capitale, Pella. Il semble qu'ici Virgile la confonde avec toute la province. **5.** Les larges plaines de Thrace, que divise l'Hémus (auj. la chaîne des Balkans). **6.** C'était une croyance populaire que les hommes des anciens âges étaient supérieurs par la taille aux hommes d'aujourd'hui. **7.** Invocation aux dieux primitifs ou nationaux, tels que Quirinus, Jupiter, Mars et Vesta. **8.** Le poète énumère, à titre d'exemples, certains dieux Indigètes. **9.** Romulus, divinisé par son successeur Numa Pompilius, fut peu à peu identifié avec Quirinus lui-même. **10.** Fille de Saturne et de Rhéa, Vesta, déesse du feu, était la « mère » des Pénates.

sur le Tibre toscan [1] et sur le Palatin de Rome [2], n'empêchez pas au moins ce jeune héros [3] de relever les ruines de ce siècle. Assez, et depuis trop longtemps, notre sang a lavé les parjures de la Troie Laomédontienne [4]. Depuis longtemps, César, le palais céleste nous envie ta présence, et se plaint de te voir sensible aux triomphes décernés par les hommes [5]. Ici-bas en effet le juste et l'injuste sont renversés, tant il y a de guerres par le monde, tant le crime revêt d'aspects divers. La charrue ne reçoit plus l'honneur dont elle est digne ; les guérets sont en friche, privés des laboureurs entraînés dans les camps ; et les faulx recourbées servent à forger une épée rigide. D'un côté l'Euphrate [6], de l'autre la Germanie [7] fomentent

---

1. Le Tibre (auj. Tevere) était toscan, c'est-à-dire étrusque, dans son cours supérieur et par sa rive droite. **2.** Le Palatin, colline centrale de Rome, avait été habité par Évandre et Romulus, et portait le palais d'Auguste. Il est donc essentiellement romain. **3.** Au moment où ce morceau semble avoir été écrit, en 36, Octave avait 27 ans. **4.** Deux fois Laomédon, roi de Troie, père de Priam, avait commis un parjure envers les dieux. La première fois, quand il promit à Apollon et Neptune une récompense pour bâtir les murs de Troie, et, les murs une fois construits, refusa d'acquitter sa dette. La seconde fois, quand il frustra Hercule de la somme promise pour la délivrance de sa fille Hésione. **5.** L'ovation qui lui fut décernée en 36, après sa victoire sur Sextus Pompée ; non pas le triomphe proprement dit, qui ne fut décerné à Octave qu'après Actium, en 29. **6.** Les Parthes qui troublaient, depuis 40, la région arrosée par l'Euphrate. **7.** Où, les Germains s'agitant, Agrippa avait dû, en 38, occuper la tête de pont de Cologne, et où, les années suivantes, Carrinas entra en campagne contre les Morins et les Suèves.

la guerre ; des villes voisines, rompant les traités qui les lient, prennent les armes [1] ; Mars impie sévit dans tout l'univers. Tels, quand ils se sont une fois élancés des barrières, les quadriges se donnent du champ ; en vain le cocher tire sur les rênes ; il est emporté par ses chevaux et le char n'obéit plus aux brides.

1. Allusion aux troubles d'Étrurie (36).

LIVRE DEUXIÈME

Les arbres et la vigne

Invocation à Bacchus (p. 73). – Les arbres ; leurs divers modes de reproduction (p. 73). – Le poète prie Mécène d'être favorable à son entreprise (p. 75). – De la greffe (p. 76). – Du choix des meilleures espèces (p. 77). – Du climat convenant à chaque espèce (p. 79). – Éloge de l'Italie (p. 81). – Du choix du terrain (p. 84). – Culture de la vigne (p. 89). – Culture de l'olivier (p. 97). – Culture des autres arbres (p. 98). – Éloge de la vie champêtre (p. 99).

Sources : Théocrite. – Lucrèce (pour l'épisode du printemps, p. 82) et Varron.

Jusqu'ici j'ai chanté les guérets et les constellations du ciel ; maintenant c'est toi, Bacchus [1], que je m'en vais chanter, et, avec toi, les plants des forêts et les fruits de l'olivier si lent à croître. Viens ici, ô père Lénéen [2] (ici tout est plein de tes bienfaits ; en ton honneur, alourdi des pampres de l'automne [3] le champ s'empourpre, et la vendange écume à pleins bords), viens ici, ô père Lénéen, et, détachant le cothurne [4] de tes jambes nues, rougis-les avec moi dans le moût nouveau.

D'abord la nature a des modes variés pour produire les arbres. En effet les uns, sans y être contraints de la part des hommes, poussent d'eux-mêmes et couvrent au loin les plaines et les sinueuses vallées : tels le souple osier et les genêts

1. Protecteur de la vigne et des arbres fruitiers, d'où l'épithète « arboriste », *dendritès* (δενδρίτης). **2.** « Père des pressoirs » (du grec *lênos* [ληνός], cuve à presser le vin), surnom de Bacchus. **3.** Chargés de raisins. **4.** Bacchus, comme Diane, portait le commode cothurne.

flexibles, le peuplier et les saulaies blanchâtres au glauque feuillage. Mais d'autres naissent d'une semence qui s'est posée à terre, comme les hauts châtaigniers, comme le rouvre, géant des forêts, qui offre ses frondaisons à Jupiter, et comme les chênes qui, au dire des Grecs, rendent des oracles [1]. D'autres voient pulluler de leurs racines une épaisse forêt de rejetons, comme le cerisier [2] et l'orme ; c'est ainsi que le laurier du Parnasse [3] abrite sa tige naissante sous l'ombrage immense de sa mère. Tels sont les procédés qu'a d'abord donnés la nature, ceux qui font verdoyer toute la race des forêts, des vergers et des bois sacrés.

Il en est d'autres que l'expérience a fait découvrir. L'un, détachant des plants du corps tendre de leurs mères les a déposés dans les sillons ; l'autre enfouit dans son guéret des souches, des scions à quatre fentes et des pousses au rouvre effilé. D'autres habitants des forêts demandent qu'on courbe en arc leurs rejets et qu'on en plante les boutures dans leur propre terre [4]. D'autres n'ont pas besoin de racines et l'émondeur n'hésite pas à rendre avec confiance à la terre les rameaux de la

1. Allusion à la fable grecque des oracles de la forêt de chênes de Dodone, rendus par le roucoulement des colombes sur les branches ou par le seul frémissement des feuilles. **2.** C'est Lucullus qui, après la victoire remportée sur Mithridate, apporta à Rome le premier cerisier, dont le nom signifie arbre de Cerasus (auj. Keresoum), dans l'ancien royaume du Pont ; cf. Pline, XV, 30. **3.** Le laurier, très abondant et très beau, du Parnasse, consacré à Apollon. **4.** Procédé du marcottage.

cime. Mieux encore : d'un bois sec, que le fer a dépouillé de ses branches, l'olivier – étonnant prodige ! – pousse des racines. Souvent même nous voyons les rameaux d'un arbre se changer impunément en ceux d'un autre arbre, et le poirier métamorphosé porter des pommes dues à la greffe et les cornouilles pierreuses rougir sur les pruniers.

Au travail donc, ô cultivateurs ! apprenez les procédés de culture propres à chaque espèce ; adoucissez, en les cultivant, les fruits sauvages ; que vos terres ne restent pas en friche. Il y a plaisir à planter Bacchus [1] sur l'Ismare [2] et à vêtir d'oliviers le grand Taburne [3]. Et toi, viens à mon aide et parcours avec moi la carrière commencée, ô ma gloire, ô toi à qui je dois la plus grande part de ma renommée, Mécène, déploie nos voiles et vole sur la mer libre. Je ne souhaite pas de tout embrasser dans mes vers ; non, quand j'aurais cent langues, cent bouches et une voix de fer. Viens à mon aide et longe le bord de la côte ; les terres sont à la portée de nos mains : je ne te retiendrai pas ici par des fictions de poète ni par de vains ambages et de longs exordes.

Les arbres qui s'élèvent d'eux-mêmes aux bords de la lumière sont inféconds, il est vrai, mais ils croissent, épanouis et forts, parce que leur vertu

1. La vigne. **2.** Montagne de la Thrace (auj. le Maro-Dagh). **3.** Massif du Samnium (auj. Monte Taburno).

naturelle tient au sol. Cependant, si eux-mêmes on les greffe et qu'on les confie, en les transplantant, à des fosses bien ameublies, ils dépouilleront bientôt leur naturel sauvage et, cultivés avec soin, se plieront sans tarder à tous les artifices que l'on voudra. Il n'est jusqu'au rejeton stérile sorti du bas des racines qui ne fasse de même, si on le plante en ligne dans des champs où il ait de l'espace. Pour l'instant ce sont les hautes frondaisons et les rameaux maternels qui l'étouffent, l'empêchent d'avoir des fruits pendant sa croissance, les brûlent quand il en porte.

Quant à l'arbre qui naît d'une semence confiée à la terre, il vient lentement et réserve son ombre pour nos arrière-neveux ; ses fruits dégénèrent, oubliant leurs sucs primitifs, et la vigne porte de méchants raisins qui deviennent la proie des oiseaux.

C'est que tous les arbres exigent une dépense de soins, que tous demandent à être dressés en pépinière et domptés à grands frais. Mais les oliviers s'accommodent mieux des tronçons, la vigne de provins, le myrte cher à la Paphéenne [1] de toute une branche ; c'est de surgeons que naissent les durs coudriers, et le frêne énorme, et l'arbre ombreux dont Hercule se tressa une couronne [2], et

1. Vénus, honorée de deux temples dans la ville de Paphos (île de Chypre). **2.** Le peuplier blanc ; cf. *Buc.*, VII, 61. Pluton ayant aimé l'Océanide Leucé, fit naître après sa mort sur les bords de l'Achéron un arbre blanc appelé « leucé » (λεύκη), des feuilles duquel Hercule se couronna à sa sortie des Enfers.

le chêne à glands du Père Chaonien [1] ; c'est de surgeons encore que naissent le palmier qui s'élance dans les airs, et le sapin destiné à voir les périls de la mer. Mais on ente sur l'arbousier épineux le bourgeon de l'amandier ; les stériles platanes se transforment en vigoureux pommiers ; les hêtres en châtaigniers, et l'orne blanchit de la fleur chenue du poirier, et les porcs broient le gland sous les ormes.

Il n'est pas qu'une manière de greffe en fente ou en écusson. Car, à l'endroit où des bourgeons sortent du milieu de l'écorce et en crèvent les tuniques légères, on fait dans le nœud même une entaille étroite, et l'on y introduit une pousse prise à un arbre étranger, qu'on apprend à se développer dans le liber [2] humide [3]. Ou bien, au contraire, on incise des troncs sans nœuds, et, avec des coins, on pratique en plein bois une ouverture profonde, puis on y enfonce les jets qui doivent le féconder ; en peu de temps un grand arbre aux rameaux fertiles s'élève vers le ciel et s'étonne de voir son nouveau feuillage et ses fruits qui ne sont pas les siens.

En outre il y a plus d'une espèce pour les ormes robustes, pour les saules et le lotus, pour les cyprès

---

1. Le chêne de l'oracle de Jupiter, à Dodone, en Chaonie. **2.** Parties fibreuses de l'arbre, situées entre l'écorce et l'aubier, qui imitent la tranche d'un livre, *liber*, d'où son nom. **3.** Humide du suc nommé *cambium*, situé entre l'écorce et l'aubier.

de l'Ida[1]. Les gras oliviers ne naissent pas tous sous la même forme : il y a les orchades[2], les verges[3], la pausie[4] à la baie amère. Ainsi des fruits et des vergers d'Alcinoüs[5], et le même surgeon ne produit point les poires de Crustumium[6], de Syrie[7], et celles qui sont trop grosses pour la main. La vendange qui pend à nos arbres n'est pas la même que celle que Lesbos cueille sur le sarment de Méthymne[8]. Il y a des vignes de Thasos[9] ; il y a aussi les vignes blanches du lac Maréotis[10] ; celles-ci conviennent aux terres fortes, celles-là à des terres plus légères ; il y a aussi le Psithie[11], qui vaut mieux pour le vin de liqueur, et le subtil Lagéos[12], qui un beau jour rendra titubantes les jambes du buveur et qui lui enchaînera la langue ; il y a les vignes purpurines, les précoces, mais où trouver des vers dignes de toi, ô Rhétique[13] ? (Ne prétends pas pourtant le disputer aux

---

1. L'Ida (auj. Psiloriti), la chaîne de montagnes qui traverse l'île de Crète, était couvert de cyprès ; cf. Pline, XVI, 60. **2.** Oliviers au fruit ovale et tendre et assez huileux. **3.** Olivier au fruit très allongé. **4.** Olivier au fruit très charnu et très huileux. **5.** Les vergers célèbres du roi des Phéaciens, père de Nausicaa, décrits au septième chant de l'*Odyssée*. **6.** Columelle, V, 10, énumère parmi les meilleures les poires de cette ville d'Italie, située dans le Latium sur la voie Salarienne. **7.** La Syrie produisait aussi des poires renommées ; cf. Columelle, *ibid.* **8.** Bourg méridional de l'île de Lesbos (auj. Molivo). **9.** Île de la mer Égée, près de la Thrace, célèbre par son vin. **10.** Lac de la Basse-Égypte, près d'Alexandrie (auj. lac Mariouth). **11.** Vin grec. **12.** Vin roux, couleur de lièvre, d'où son nom (grec Lagôs, « lièvre »). **13.** Vin renommé des environs de Vérone. Auguste l'appréciait beaucoup. Cf. Sué-

celliers de Falerne[1].) Il y a aussi les vignes d'Aminée[2], vins pleins de corps auxquels le cèdent le Tmolus[3] et le Phanée[4] lui-même, roi des vignobles ; et le petit Argitis[5], sans rival soit pour donner autant de jus, soit pour durer autant d'années. Je ne saurais non plus te passer sous silence, toi qu'au second service les dieux accueillent, ô vin de Rhodes[6], ni toi, Bumaste[7], aux raisins gonflés. Mais il est impossible d'énumérer toutes les espèces de vins et les noms qu'ils portent ; et cette énumération d'ailleurs importe peu. Vouloir en savoir le nombre[8], c'est vouloir connaître combien de grains de sable le Zéphyr soulève dans la plaine de Libye, ou combien de flots, dans la mer Ionienne, se brisent sur les rivages, quand l'Eurus fond avec violence sur les navires.

Au reste toute terre ne peut porter toute espèce de plantes. Les saules naissent sur les fleuves, et les aulnes dans les marais bourbeux ; les ornes stériles sur les monts rocailleux, les forêts de myrtes

---

tone, *Vie d'Auguste*, LXXVII : *maxime delectatus est Rhœtico*, « il fit surtout ses délices du Rhétique ». **1.** Le plus renommé (avec le Cécube) des vins latins ; on le récoltait au pied du mont Massique, en Campanie. **2.** Vignoble du Picénum, près de Naples. **3.** Cf. note 2, p. 41. **4.** Vignoble d'un promontoire de l'île de Chio. **5.** Sans doute un vignoble d'Argos. **6.** Ce vin était employé pour les libations aux dieux, qui étaient faites au second service. **7.** Raisin à gros grains, d'où son nom de *boumastos* (βούμαστος), « aux grains gonflés comme des mamelles » ; cf. Pline, XIV, 3, 5. **8.** Columelle en décrit 58 espèces ; Pline en compte 185. On en connaît aujourd'hui 1 500.

abondent sur les côtes ; enfin Bacchus [1] aime les collines découvertes, et les ifs l'Aquilon et les frimas. Regarde aussi jusqu'aux extrémités du monde soumis à la culture, depuis les demeures de l'Aurore [2] habitées des Arabes jusque chez les Gélons bariolés [3] : chaque arbre a sa patrie. L'Inde est seule à produire le noir ébénier [4], les Sabéens [5] sont seuls à voir naître la tige qui porte l'encens. Te parlerai-je du bois odorant qui distille le baume, et des baies de l'acanthe toujours verte ? Des bois des Éthiopiens qui blanchissent sous un mol duvet [6] ? De la façon dont les Sères [7] enlèvent aux feuilles à coups de peigne leur menue toison ? Ou des bois sacrés que l'Inde porte près de l'Océan, aux extrêmes confins du monde, où jamais aucune flèche n'a pu atteindre d'un jet l'air qui baigne le sommet d'un arbre ; et pourtant ce peuple n'est pas en retard lorsqu'il a le carquois à la main. La Médie produit cette pomme salutaire [8] dont les sucs amers et la saveur persistante composent une vertu sans pareille pour chasser

---

1. La vigne. **2.** L'Orient. **3.** Les Gélons, peuple scythe, à l'ouest du Borysthène (le Dnieper actuel) ; ils étaient tatoués, comme beaucoup de peuples barbares, qui se peignaient le corps pour effrayer leurs ennemis. **4.** Que fit connaître en Grèce l'expédition orientale d'Alexandre. **5.** Peuple de l'Arabie heureuse. **6.** Le coton ? **7.** Les Chinois. Jusque sous le règne de Justinien, époque à laquelle les premiers vers à soie furent importés à Byzance, les anciens crurent que la soie était un produit végétal. Toutefois, une mission romaine, qui aborda en Indochine en l'an 166, avait déjà permis à Pausanias d'attribuer la soie à un insecte. **8.** Le citron.

des membres de la victime le noir poison que de cruelles marâtres ont versé dans une coupe, en y mêlant des herbes et des paroles maléficieuses. L'arbre lui-même est énorme et d'aspect ressemble fort au laurier ; et, s'il ne répandait pas au loin une tout autre odeur, ce serait un laurier ; ses feuilles ne cèdent à aucun vent, sa fleur est entre toutes tenace ; les Mèdes s'en servent contre la mauvaise haleine [1], et la donnent comme remède aux vieillards asthmatiques.

Mais ni la terre des Mèdes, si riche en forêts, ni le beau Gange, ni l'Hermus dont l'or trouble les eaux [2] ne sauraient le disputer en louanges à l'Italie ; non plus que Bactres [3] ni l'Inde ni la Panchaïe [4], toute couverte de sables riches d'encens. Ce pays-ci n'a point vu de taureaux soufflant du feu [5] par leurs naseaux le retourner pour y semer les dents d'une hydre monstrueuse, ni une moisson de casques et de piques drues de guerriers

1. Cf. Pline, XII, 4 : *commendandi halitus gratia*, « en vue de corriger l'haleine ». **2.** L'Hermus, fleuve d'Asie Mineure (auj. le Kedous), qui, avec son affluent le Pactole, roulait des paillettes d'or. **3.** Capitale de la Bactriane (auj. Balkh), dans le Turkestan. **4.** Île fabuleuse, où prétendait avoir abordé le philosophe Évhémère, et qu'il situait dans la mer Érythrée. Ennius avait traduit librement en latin le roman d'Évhémère, *L'Écriture sacrée*. **5.** Allusion aux légendes de Jason : soumis par le roi de Colchide à une épreuve pour obtenir la Toison d'or, Jason se vit forcé d'atteler à une charrue deux taureaux soufflant du feu par leurs naseaux. Ayant labouré un champ, il y sema les dents d'un dragon, fils de Mars et de Vénus, d'où sortirent des hommes armés qui s'entretuèrent.

hérisser ses campagnes. Mais les épis y sont lourds et la liqueur de Bacchus, le Massique [1], y abonde ; le pays est couvert d'oliviers et de grands troupeaux prospères. D'ici, le cheval belliqueux, tête haute, s'élance dans la plaine ; de là, tes blancs troupeaux, Clitumne [2], et le taureau, la plus grande des victimes, souvent, après s'être baignés dans ton fleuve sacré, conduisirent aux temples des dieux les triomphes romains. Ici règne un printemps continuel, et l'été en des mois qui lui sont étrangers ; deux fois les brebis y sont pleines, deux fois l'arbre y produit des fruits. De plus, on n'y voit point les tigres féroces ni la race cruelle des lions ; des aconits n'y trompent pas les malheureux qui les cueillent ; un écailleux serpent n'y traîne pas sur le sol ses immenses anneaux ni par une contraction ne ramasse son corps en spirale. Ajoutez tant de villes incomparables, tant de travaux de construction, tant de places bâties par la main des hommes sur des rochers à pic, et ces fleuves baignant le pied d'antiques murailles. Rappellerai-je la mer qui la baigne au nord [3], et celle qui la baigne au sud [4] ? ou encore ses grands lacs ? Toi, Larius [5], le plus grand, et toi, Benacus [6], dressant tes flots et

---

1. Vin renommé, du mont Massique en Campanie, dont les pentes septentrionales produisaient le Falerne. **2.** Le Clitumne, rivière d'Ombrie (auj. Citumno). Les anciens croyaient que ses eaux cristallines blanchissaient le poil des animaux qui s'y baignaient. **3.** La mer Adriatique ou Supérieure. **4.** La mer Tyrrhénienne ou Inférieure. **5.** Le lac de Côme actuel. **6.** Le lac de Garde actuel.

frémissant comme la mer ? Rappellerai-je nos ports [1], et les digues ajoutées [2] au Lucrin, et la mer indignée avec ses sifflements énormes aux lieux où l'onde Julienne résonne du bruit des flots qu'elle refoule au loin, et où la vague Tyrrhénienne s'élance aux eaux de l'Averne ? Ce même pays nous a montré [3] dans ses veines des filons d'argent et des mines d'airain, et a roulé dans ses fleuves de l'or en abondance. C'est lui qui a produit une race d'hommes ardente, les Marses [4], et la jeunesse Sabellienne [5], et le Ligure [6] endurci à la fatigue et les Volsques [7] armés de dagues ; c'est lui qui a produit les Décius [8], les Marius [9], les grands Camille [10], les Scipions durs à la guerre [11], et toi, le plus grand de tous, César [12], qui, déjà vainqueur aux extrêmes confins de l'Asie [13], repousses maintenant des

1. Le port Jules, construit par Agrippa en 37 : il faisait communiquer le Lucrin, où pénétrait la mer, avec l'Averne. **2.** Par César, puis par Agrippa. **3.** Le poète emploie le passé, parce qu'un sénatus-consulte avait interdit l'exploitation de ces mines. **4.** Peuple belliqueux établi autour du lac Fucin (auj. lac de Celano). **5.** Les Sabelliens, peuple de la Sabine auquel appartenaient les Marses susnommés. **6.** L'habitant du golfe actuel de Gênes. **7.** Peuple du Latium. **8.** Les trois Decius, tous les trois tombés pour la patrie, le premier en 340, à Vésérès, dans une guerre contre les Latins, le deuxième en 295, à Sentinum, dans une guerre contre les Gaulois, le troisième en 279, à Asculum, en luttant contre Pyrrhus. **9.** Marius, le vainqueur de Jugurtha, et des Cimbres et des Teutons. **10.** Camille, le vainqueur des Gaulois à l'Allia. **11.** Les deux Africains, Cornélius Scipion, le vainqueur d'Annibal à Zama, et Scipion Émilien, le destructeur de Carthage. **12.** Auguste. **13.** Après Actium, et pendant les deux hivers qui suivirent, Octave, sur l'Euphrate, régla pour un temps les affaires des Parthes, en

citadelles romaines un Indien désarmé [1]. Salut, grande mère de récoltes, terre de Saturne [2], grande mère de héros ! C'est pour toi que j'entreprends de célébrer l'art antique qui a fait ta gloire [3], osant rouvrir les fontaines sacrées [4], et que je chante le poème d'Ascra [5] par les villes romaines [6].

C'est maintenant le lieu de parler des qualités des terrains, de dire quelle est la force, la couleur propre à chacun d'eux et quelle influence a leur nature sur les productions. D'abord les terres difficiles et les méchantes collines, où l'argile est mince et où le caillou abonde dans les broussailles du sol, aiment la silve palladienne du vivace olivier [7]. La preuve en est dans le grand nombre des oliveraies qui croissent sans culture dans ce même lieu, et dans les champs jonchés de leurs baies sauvages. Mais une terre qui est grasse et vivifiée d'une douce humidité, une plaine couverte d'herbes et où tout annonce la fécondité (tel que nous voyons souvent au pied d'une montagne s'étendre une vallée arrosée par les eaux qui

---

employant tantôt la force des armes, tantôt la modération et la clémence. **1.** La victoire d'Auguste était, pour ses contemporains, la victoire de l'Occident sur l'Orient, de Rome sur l'Inde. **2.** Terre sur laquelle régna Saturne, quand, chassé du ciel, il vint se réfugier en Italie et y introduisit l'âge d'or. **3.** L'agriculture, honneur des vieux Latins. **4.** Les fontaines de la poésie pastorale. **5.** Le poème d'Hésiode, né à Ascra, en Béotie, intitulé *Les Travaux et les Jours*. **6.** Il faut entendre que Virgile introduit chez les Romains la poésie rustique d'Hésiode. **7.** L'olivier est l'arbre de Pallas, et c'est un arbre fort vivace, puisqu'il peut vivre deux cents ans ; cf. Pline, XVI, 90.

tombent du sommet des rochers et charrient un fertile limon), si elle est exposée à l'Autan et nourrit la fougère odieuse à l'areau courbe [1], te donnera des vignes vigoureuses et abondantes en suc de Bacchus [2] ; elle est fertile en grappes, fertile en un liquide pareil à ce nectar que nous offrons en libations dans l'or et les patères, lorsque au pied des autels le gras Tyrrhénien [3] a soufflé dans l'ivoire [4] et que nous versons dans de larges plats des entrailles fumantes.

Si tu as plutôt le goût d'élever du gros bétail et des veaux, ou les petits des brebis, ou des chèvres qui brûlent les cultures [5], gagne les défilés boisés et les lointains pâturages de la grasse Tarente [6], ou une plaine semblable à celle qu'a perdue l'infortunée Mantoue [7], dont des cygnes neigeux paissaient l'herbe fluviale [8] : ni les limpides fontaines, ni les gazons ne manqueront à tes troupeaux ; et toute l'herbe qu'aura broutée ton gras bétail dans les longs jours, la fraîche rosée d'une courte nuit suffira pour la faire renaître.

---

1. À cause de ses racines longues et fortes, et enchevêtrées. **2.** En vin. **3.** Le joueur de flûte tyrrhénien, c'est-à-dire étrusque (les Tyrrhéniens ayant occupé le pays qui devait être l'Étrurie), s'engraissait aux festins qui accompagnaient les sacrifices. **4.** Les flûtes étaient en ivoire ou en buis ; leur son servait à empêcher qu'aucune parole funeste ne vînt troubler le sacrifice. **5.** La dent des chèvres est particulièrement funeste aux cultures ; « leur morsure, dit Pline (VIII, 76), est pernicieuse pour les arbres et stérilise les oliviers ». **6.** Tarente, port de l'Italie méridionale. **7.** Allusion mélancolique à la distribution des terres aux vétérans ; cf. *Buc.*, I et IX. **8.** L'herbe des bords du Mincio.

Une terre noire, et grasse sous le soc qu'on enfonce, et dont le sol est friable (car c'est le résultat que nous cherchons à obtenir en labourant) est presque toujours excellente pour les blés : en nulle autre plaine tu ne verras plus de taureaux ramener à pas lents plus de chariots au logis. Telle encore cette terre, d'où le laboureur irrité [1] a fait disparaître une forêt, abattant des bocages longtemps inutiles et arrachant jusqu'au bout de leurs racines les antiques demeures des oiseaux : eux ont abandonné leurs nids pour fuir dans les airs, mais la plaine inculte a brillé sous le soc de la charrue. Quant au maigre gravier d'un terrain en pente, il est à peine bon à fournir aux abeilles d'humbles touffes de serpolet et du romarin ; le tuf rude au toucher et la craie rongée par de noirs reptiles attestent qu'ils conviennent mieux que tout autre terrain à fournir aux serpents une douce nourriture et à leur présenter de sinueuses cachettes. Mais le sol d'où s'exhale en vapeurs fugitives un léger brouillard, celui qui boit l'humidité et la renvoie à son gré, qui se revêt sans cesse d'un vert gazon et qui n'entame point le fer par une rouille corrosive et acide, verra pour toi les vignes fécondes enlacer les ormeaux ; il est fertile en huile ; tu reconnaîtras, en le cultivant, qu'il est accommodant au petit bétail et docile au soc recourbé. Tel est celui que laboure la riche

1. Irrité de voir le sol couvert « de bocages inutiles ».

Capoue[1] ; tels, les bords voisins du mont Vésuve[2], et ceux du Clain[3] qui fut intolérable à la déserte Acerre[4].

Maintenant je dirai de quelle façon tu pourras reconnaître chaque terrain. Veux-tu savoir si une terre est légère ou si elle est d'une densité peu ordinaire (parce que l'une est favorable au froment, l'autre à Bacchus[5], la plus dense à Cérès[6], la plus légère à Lyée[7]) ? Tu choisiras d'abord des yeux un emplacement, et tu y feras creuser profondément un puits en terrain solide, où tu refouleras toute la terre en nivelant la surface sableuse avec tes pieds. Si le puits n'est pas rempli, ce sera un sol léger et qui conviendra mieux au petit bétail et aux vignes nourricières ; si, au contraire, les déblais se refusent à entrer dans le lieu d'où ils sortent, et s'il reste de la terre une fois les trous comblés, ce sera une terre épaisse : attends-toi à des mottes résistantes, à des entredos solides, et emploie, pour briser la terre, des taureaux vigoureux.

---

1. Ville de Campanie, sur le Vulturne, où se trouve aujourd'hui le petit village de Santa Maria di Capuo, à 2 kilomètres de la ville moderne. **2.** Les pentes du Vésuve étaient couvertes de bois et de vignobles avant l'éruption de 79. **3.** Petite rivière de Campanie, qui prenait sa source près de Noles et se perdait dans les marécages de Literne. **4.** Le Clain débordant fréquemment et dangereusement, les habitants d'Acerre, qu'il traversait, durent abandonner leur ville. **5.** Au vin. **6.** Au blé. **7.** Au vin. Lyée est l'un des surnoms de Bacchus, du grec *luô* (λύω), « délier », parce qu'il délie des chagrins.

Quant à la terre salée, et, comme on dit, amère, inféconde en moissons (car elle ne s'adoucit pas au labour et ne conserve ni son caractère à Bacchus[1], ni leur renom aux fruits), voici le moyen de la reconnaître : détache de tes toits enfumés des paniers d'osier serré et des tamis de pressoir ; que cette terre mauvaise y soit foulée jusqu'aux bords avec une eau douce de source : toute l'eau sans doute s'y frayera un passage avec peine, et ses larges gouttes passeront à travers les mailles de l'osier ; mais sa saveur te servira d'indice infaillible et son amertume fera faire la grimace à ceux qui la goûteront.

Il en est de même de la terre grasse ; nous la reconnaissons aux marques suivantes : jamais elle ne s'en va en poussière en passant de main en main, mais, à la manière de la poix, elle s'attache aux doigts qui la manient.

Une terre humide nourrit des herbes assez hautes, et d'elle-même elle est plus féconde que de juste. Ah ! puissent vos champs ne pas connaître cette fertilité-là et ne pas révéler leur force aux premiers épis !

La terre qui est lourde se trahit d'elle-même par son seul poids ; et celle qui est légère également. Il est facile de discerner à l'œil celle qui est noire ou d'une autre couleur. Mais son froid meurtrier est difficile à repérer : seuls les résineux et les ifs

---

1. Au vin.

malfaisants [1] ou les lierres noirs [2] quelquefois en décèlent les traces.

Ces observations faites, souviens-toi, longtemps avant d'enfouir un plant de vigne producteur, de cuire la terre, de couper de tranchées les grandes montagnes, et d'exposer les mottes retournées à l'Aquilon. Les terrains dont le sol est meuble sont les meilleurs : c'est l'affaire des vents, des gelées blanches, et du robuste vigneron qui remue en tous sens les arpents.

Mais le cultivateur vigilant qui n'a rien négligé cherche un terrain semblable pour y préparer d'abord une pépinière et disposer ensuite son plant, de peur que les sujets, brusquement transplantés, ne puissent pas oublier leur mère ; de plus, il marque sur l'écorce la direction du ciel, de manière que chacun retrouve son exposition, celui-ci le côté qui recevait les chaleurs de l'Auster, celui-là le côté qui était tourné vers le pôle : tant l'acclimatation a d'importance pour les sujets tendres !

Vaut-il mieux planter la vigne sur des collines ou dans une plaine ? c'est ce que tu dois d'abord examiner. Si tu établis ton champ dans une grasse campagne, plante en rangs serrés : si serrés qu'ils

---

1. Les anciens croyaient que les ifs, surtout ceux d'Espagne, recelaient un certain poison, en leurs fruits, en leur bois et même en leur ombrage. Cf. Pline, XVI, 20. **2.** On distinguait le lierre blanc (*candida* ou *alba*) et le lierre noir (*nigra* ou *atra*). Cf. note 2, p. 152.

soient, Bacchus ne les fera pas plus lentement prospérer. Si, au contraire, tu choisis les pentes d'un terrain ondulé ou le dos des collines, sois large pour tes rangs ; mais qu'en tout cas l'alignement exact de tes ceps laisse entre eux des intervalles égaux et symétriques. Telle, au cours d'une grande guerre, on voit souvent la légion déployer au loin ses cohortes, l'armée faire halte dans une plaine découverte, les fronts de bataille s'aligner, et toute la terre au loin ondoyer sous l'éclat de l'airain ; l'horrible mêlée n'est point encore engagée, mais Mars hésitant erre entre les deux armées. Que les allées soient toutes de dimensions égales, non pour que leur perspective repose seulement l'esprit, mais parce que autrement la terre ne fournira pas à tous les ceps une somme égale de forces et que les rameaux ne pourront s'étendre dans l'air libre.

Peut-être veux-tu savoir quelle profondeur doivent avoir les fosses. J'oserais confier la vigne même à un mince sillon ; l'arbre plus élevé est profondément enfoncé dans la terre, le chêne vert surtout, dont la tête s'élève autant vers les brises éthérées que sa racine s'enfonce vers le Tartare [1]. Aussi ni les hivers, ni les ouragans, ni les pluies ne le déracinent : il demeure immobile, et sa

1. Cf. La Fontaine, « Le Chêne et le Roseau » : « Celui de qui la tête au ciel était voisine/ Et dont les pieds touchaient à l'empire des morts. »

durée en se déroulant triomphe de bien des postérités et de bien des générations d'hommes. Alors il étend au loin ses rameaux puissants et ses bras, à droite et à gauche, et son tronc supporte un immense ombrage.

Que tes vignobles ne soient pas tournés vers le soleil couchant ; ne plante pas le coudrier parmi tes vignes [1] ; ne tire pas la pointe des surgeons ni ne casse des plants au sommet de l'arbre (tant il a d'amour pour la terre !) ; ne blesse pas d'un fer émoussé les rejetons ; ne greffe pas entre les intervalles des oliviers sauvages. Car souvent d'imprudents bergers laissent tomber du feu, qui, après avoir furtivement couvé sous l'écorce grasse, saisit le cœur du bois, puis glissant jusqu'aux hautes frondaisons, fait retentir le ciel d'un énorme fracas ; puis, poursuivant sa course de rameau en rameau et de cime en cime, il règne en vainqueur, enveloppe de ses flammes le bocage tout entier et pousse vers le ciel une nuée épaisse de noire fumée, surtout si la tempête soufflant du haut du ciel s'est abattue sur les bois et si le vent augmente et propage l'incendie. Dès lors les vignes sont détruites dans leur souche, le tranchant du fer ne peut les rendre à la vie, ni les faire reverdir, telles qu'elles étaient sur ce fonds de terre : le stérile olivier sauvage survit seul avec ses feuilles amères.

1. Sans doute parce que le coudrier a des racines trop abondantes et trop vigoureuses, qui épuiseraient le suc de la terre. On plantait là surtout l'orme, et quelquefois le frêne ou le peuplier noir.

Que personne, si avisé qu'il soit, ne te persuade de retourner la terre encore raidie du souffle de Borée [1]. L'hiver alors clôt les campagnes de son gel, et ne permet pas à la marcotte que tu as plantée de pousser dans la terre sa racine congelée. La meilleure saison pour planter les vignobles, c'est lorsque au printemps vermeil arrive l'oiseau blanc [2] odieux aux longues couleuvres [3], ou vers les premiers froids de l'automne, quand le soleil dévorant n'a pas encore atteint l'hiver [4] avec ses chevaux, et que l'été est déjà passé.

Oui, le printemps est utile aux frondaisons des bocages, le printemps est utile aux forêts ; au printemps, les terres se gonflent et réclament les semences créatrices. Alors le Père tout-puissant, l'Éther [5], descend en pluies fécondes dans le giron de sa compagne joyeuse [6], et, mêlé à son grand corps, de son grand suc nourrit tous les germes. Alors les fourrés impénétrables retentissent d'oiseaux mélodieux, et les grands troupeaux rappellent, aux jours marqués, Vénus [7] ; le champ nourricier enfante et, sous les souffles tièdes de Zéphyr, les guérets entrouvrent leur sein ; une

---

1. Le vent du nord. **2.** La cigogne. **3.** La cicogne détruit les serpents ; cf. Juvénal, XIV, 74 : *serpente ciconia pullos nutrit*, « la cigogne nourrit ses petits d'un serpent ». **4.** Les constellations de l'hiver. **5.** Jupiter, confondu ici avec l'air. Cet hymen de l'Air et de la Terre, que symbolisent « les pluies fécondes », a été décrit par Eschyle, Euripide et, ensuite, par Lucrèce, I, 250 ; II, 992, dont Virgile se souvient ici. **6.** Au printemps. **7.** La période des amours recommence.

tendre sève surabonde partout ; les germes osent se confier sans crainte à des soleils nouveaux, et, sans redouter ni le lever des Autans, ni la pluie que chassent du ciel les puissants Aquilons, le pampre pousse ses bourgeons et déploie toutes ses frondaisons. Non ce ne furent pas d'autres jours – je le croirais volontiers – qui éclairèrent le monde naissant à son origine première, ni une autre continuité de température : c'était le printemps, le printemps qui régnait sur l'immense univers, et les Eurus ménageaient leurs souffles hivernaux, quand les premiers animaux burent la lumière du jour, quand la race des hommes, race de fer, éleva sa tête au-dessus des guérets durs, et quand les bêtes furent lancées dans les forêts et les astres dans le ciel. Les tendres êtres ne pourraient supporter leur peine, si un répit aussi grand ne s'étendait entre le froid et la chaleur et si l'indulgence du ciel ne faisait bon accueil aux terres.

Au surplus, quels que soient les arbustes que tu plantes par les champs, couvre-les d'un bon fumier et n'oublie pas de les cacher sous une épaisse couche de terre ; ou d'y enfouir une pierre poreuse et de rugueux coquillages ; car les eaux s'infiltreront dans les intervalles, et l'air subtil y pénétrera, et les plants seront ranimés. Il s'est même trouvé des gens pour entasser sur le sol des pierres et des tessons d'un poids énorme : c'est une protection contre les pluies abondantes, et aussi contre la canicule ardente, qui fendille les guérets béants de soif.

Une fois les boutures plantées, il reste à ramener bien souvent la terre autour des ceps, à la bêcher sans cesse avec de durs bidents [1] ou à travailler le sol sous le soc qu'on enfonce, à diriger parmi les vignobles les taureaux récalcitrants ; puis, à disposer les lisses roseaux, les baguettes dépouillées de leur écorce, les échalas de frêne et les fourches solides, pour que la vigne, forte de ces appuis, apprenne à mépriser les vents et à grimper d'étage en étage jusqu'au sommet des ormes.

Et, tant que ce premier âge grandit en ses nouveaux feuillages, il faut en épargner la tendreté ; et alors même qu'elle s'élance joyeuse dans les airs, lâchée à pleines guides dans l'air pur, il ne faut point encore essayer sur elle le tranchant de la faucille, mais en émonder et en éclaircir le feuillage avec l'ongle. Puis quand ses branches vigoureuses auront pris leur essor et enlaceront les ormes, alors coupe sa chevelure et taille ses bras : plus tôt, elles redoutent le fer ; alors exerce enfin ton dur empire et arrête l'exubérance de ses rameaux.

Il faut aussi tresser des haies et tenir à l'écart tout le bétail, surtout quand le feuillage est tendre encore et ignore les épreuves qui le guettent ; car,

1. Hoyaux à deux dents, d'environ trois pieds ; cf. Pline, XXII, 35 : *bidente ternos pedes alto.*

en dehors des outrages de l'hiver et de la toute-puissance du soleil, les buffles sauvages et les chevreuils voraces lui prodiguent les insultes, les brebis et les génisses avides s'en repaissent. Ni les frimas avec leurs gelées blanches qui durcissent le sol, ni l'été lourd pesant sur les rocs desséchés, ne lui sont aussi nuisibles que les troupeaux, et le venin de leur dent dure, et la cicatrice que leur morsure imprime sur une souche. Ce n'est point pour une autre faute qu'on immole un bouc à Bacchus, sur tous ses autels, que des jeux antiques envahissent la scène [1], que les Thésides [2] proposèrent des prix aux talents, en allant de bourg en bourg et de carrefour en carrefour [3], et qu'on les vit tout joyeux, entre deux rasades, sauter dans les molles prairies par-dessus des outres huilées [4]. De même les paysans Ausoniens [5], race envoyée de Troie [6], jouent à des vers grossiers [7], en riant à

1. L'estrade sur laquelle jouaient les acteurs. **2.** Les Athéniens, ainsi nommés ici « Thésides » parce que Thésée, leur roi, avait réuni en une seule cité les douze bourgades qui formèrent Athènes. **3.** La comédie est à ses débuts une promenade de gens ivres à travers les cantons, « comés », d'un pays. **4.** Ce jeu, qui accompagnait les fêtes de Dionysos ou *Ascolies*, consistait à sauter à cloche-pied (grec *askôliazein*) sur des outres huilées et à s'y maintenir en équilibre. Le gagnant recevait en prix une outre pleine de vin. **5.** Peuple de la côte occidentale de l'ancienne Italie : les poètes donnent souvent le nom d'Ausonie à toute l'Italie. **6.** Allusion à l'origine légendaire des Romains, descendants d'Énée. Les Ausoniens proprement dits étaient en réalité d'origine osque. **7.** Tels les vers saturniens qui entraient dans les chants fescennins.

gorge déployée, prennent de hideux masques d'écorce creusée, t'invoquent, Bacchus, par des chants d'allégresse, et suspendent en ton honneur au haut d'un pin des figurines d'argile [1]. Dès lors tout le vignoble donne des fruits à foison ; ils emplissent le creux des vallons et les fourrés profonds et tous les lieux où le dieu montre sa tête vénérable. Donc et selon le rite, nous dirons l'honneur qui est dû à Bacchus en chantant les cantiques de nos pères, et nous lui porterons des plats et des gâteaux sacrés ; conduit par la corne, le bouc sacré se tiendra près de l'autel, et nous rôtirons ses grasses entrailles sur des broches de coudrier [2].

Il y a encore, parmi les soins dus aux vignes, un autre travail, et qui n'est jamais épuisé : il faut en effet trois ou quatre fois l'an fendre tout le sol, et en briser éternellement les mottes avec le revers des bidents ; il faut soulager tout le vignoble de son feuillage. Le travail des laboureurs revient toujours en un cercle, et l'année en se déroulant le ramène avec elle sur ses traces. Le jour même où la vigne a vu tomber ses tardives frondaisons et où l'Aquilon a dépouillé les forêts de leur parure,

---

1. Ces figurines, petits masques de Bacchus, oscillaient au gré du vent, et la partie du verger ou de la vigne vers laquelle était dirigée la face du dieu portait, croyait-on, un plus grand nombre de fruits. **2.** On a vu que le coudrier était funeste aux vignes : on immolait donc un animal funeste sur des branches également funestes.

ce jour-là l'actif vigneron étend ses soins à l'année qui vient, et, la dent recourbée de Saturne [1] à la main, il continue de tailler la vigne et la façonne en l'émondant. Sois le premier à creuser le sol, le premier à brûler les sarments mis au rebut, le premier à rentrer les échalas au logis ; sois le dernier à vendanger. Deux fois leur ombrage menace les vignes ; deux fois les herbes étouffent la récolte de leurs épaisses broussailles : dur labeur de part et d'autre. Fais l'éloge des vastes domaines, cultives-en un petit. Il faut encore couper dans la forêt les branches épineuses du houx, et sur ses rives le roseau fluvial ; et il y a les pénibles soins que demande la saulaie inculte. Maintenant les vignes sont liées ; maintenant les arbustes laissent reposer la serpe ; maintenant le vigneron, au bout de ses rangées, chante la fin de ses peines. Pourtant il lui faut encore tourmenter la terre, la réduire en poussière, et, bientôt, craindre Jupiter [2] pour les raisins mûrs.

Les oliviers, au contraire, ne demandent pas de culture ; ils n'attendent rien de la serpe recourbée ni des hoyaux tenaces, quand une fois ils ont pris au sol et affronté les brises. La terre, entrouverte au crochet, fournit d'elle-même aux plantes une humidité suffisante et, retournée par le soc, des fruits lourds. Nourris donc le gras olivier agréable à la Paix.

---

1. La serpe, attribut du dieu qui enseigna aux Romains l'art de tailler la vigne. **2.** Dieu de la pluie et de la grêle.

De même les arbres fruitiers, dès qu'ils ont senti leurs troncs vigoureux et qu'ils sont maîtres de leurs forces, s'élancent rapidement vers les astres par leur propre vertu et n'ont pas besoin de notre aide. D'ailleurs il n'est point de bocage qui ne se charge de fruits, et de fourrés incultes qui ne rougissent de baies sanglantes ; les cytises sont broutés ; la haute forêt fournit des résineux, pâture des feux nocturnes [1] qui répandent la lumière. Et les hommes hésiteraient à planter des arbres et à y consacrer leurs soins !

Pourquoi chercherai-je plus haut mes exemples ! Les saules et les humbles genêts offrent aux troupeaux leur feuillage, aux bergers leur ombrage, et des haies pour les plantations, et la pâture de leur miel. Il plaît de regarder le Cytore [2] ondoyant sous le buis et les bois sacrés de l'arbre à poix de Naryce [3] ; il plaît de voir des champs [4] qui n'ont jamais été exposés aux hoyaux et à l'industrie de l'homme. Même les forêts stériles, au sommet du Caucase [5], que les Eurus, déchaînés sans cesse, brisent et emportent, donnent chacune ses produits ; elles donnent un bois utile : pour les vaisseaux, les pins ; pour les

1. Substance dont on fait les torches. **2.** Montagne située aux confins de la Paphlagonie et de la Galatie, et couverte de buis ; cf. Pline, XVI, 28 : *buxus Cytoriis montibus plurima*, « le buis surabondant dans les monts du Cytore ». **3.** Naryce ou Narycie, ville de la Locride, dont les colons vinrent fonder Locres (auj. Gerace) dans le Bruttium : Columelle cite la poix de Naryce. **4.** Des champs plantés d'arbres. **5.** Le Caucase était couvert d'immenses forêts ; cf. Strabon, XI, 11, 15.

maisons, le cèdre et les cyprès. Les cultivateurs en tirent de quoi façonner des rayons pour leurs roues, des tympans [1] pour leurs chariots et des carènes pansues pour les navires. Les saules sont fertiles en tiges souples, les ormes en frondaisons ; le myrte et le cornouiller, bon à la guerre, en solides javelots ; les ifs sont tordus en arcs Ituréens [2]. Il n'est jusqu'aux lisses tilleuls et au buis facile à tourner qui ne reçoivent une forme et ne se laissent creuser par le fer pointu. L'aulne léger, lancé dans le Pô [3], flotte sur l'onde tournoyante ; et les abeilles cachent leurs essaims sous les écorces creuses et dans le tronc pourri d'une yeuse. Quel bienfait digne d'être autant célébré nous ont apporté les dons de Bacchus ? Bacchus a même donné des prétextes au crime : c'est lui qui dompta pour la mort les Centaures [4] furieux [5], et Rhétus, et Pholus, et Hylée [6] menaçant les Lapithes de son grand cratère [7].

Ô trop fortunés, s'ils connaissaient leurs biens, les cultivateurs ! Eux qui, loin des discordes armées, voient la très juste terre leur verser de son sol une nourriture facile. S'ils n'ont pas une haute

1. Des roues pleines. **2.** Arcs dont se servaient les habitants pillards de l'Iturée, pays situé au nord-est de la Palestine. **3.** On fabriquait des barques avec les aulnes de la rive. **4.** Ovide, *Mét.*, XII, 210 *sq.*, a conté la lutte des Centaures (moitié hommes et moitié chevaux) et des Lapithes (cavaliers thessaliens) aux noces de Pirithoüs et d'Hippodamie. **5.** Ivres de vin. **6.** Noms de Centaures. **7.** Certains cratères, vases où l'on mélangeait l'eau au vin, étaient assez grands pour qu'un homme pût se cacher derrière eux ; cf. *Én.*, IX, 346.

demeure dont les superbes portes vomissent tous les matins un énorme flot de clients venus pour les saluer ; s'ils ne sont pas ébahis par des battants incrustés d'une belle écaille [1], ni par des étoffes où l'or se joue, ni par des bronzes d'Éphyré [2] ; si leur laine blanche n'est teinte du poison d'Assyrie [3], ni corrompue de cannelle [4] l'huile limpide qu'ils emploient ; du moins un repos assuré, une vie qui ne sait point les tromper, riche en ressources variées, du moins les loisirs en de vastes domaines, les grottes, les lacs d'eau vive, du moins les frais Tempé [5], les mugissements des bœufs et les doux sommes sous l'arbre ne leur sont pas étrangers. Là où ils vivent sont les fourrés et les repaires des bêtes sauvages, une jeunesse dure aux travaux et habituée à peu, le culte des dieux et le respect des pères [6] ; c'est chez eux qu'en quittant les terres la Justice [7] laissa la trace de ses derniers pas.

---

1. Non seulement les battants des portes, mais les lits et les meubles des Romains riches recevaient des incrustations d'écailles de tortue venant de l'Éthiopie et de l'Inde, et même des incrustations de pierres précieuses et de gemmes. **2.** Éphyré est le nom ancien de Corinthe : le bronze ou airain de Corinthe était célèbre ; cf. Pline, XXXIV, 3. **3.** De la pourpre de Tyr, qui « empoisonne » la laine en la teignant : Virgile et d'autres poètes confondent souvent la Phénicie, contrée de la Syrie, avec l'Assyrie. **4.** La cannelle était importée de l'Inde à Rome par des marchands arabes ou syriens. **5.** Nom générique pour toute vallée fraîche ; ici, les frais vallons. Le Tempé était un vallon de Thessalie, situé sur les deux rives du Pénée, entre l'Olympe et l'Ossa, et célèbre par sa fraîcheur. **6.** Des pères de famille. **7.** La vierge *Justitia* monta au ciel où elle devint la constellation de l'Astrée.

Pour moi, veuillent d'abord les Muses, dont la douceur avant tout m'enchante et dont je porte les insignes sacrés [1] dans le grand amour que je ressens pour elles, accueillir mon hommage et me montrer les routes du ciel et les constellations, les éclipses variées du soleil et les tourments de la lune [2] ; d'où viennent les tremblements de terre ; quelle force enfle les mers profondes après avoir brisé leurs digues, puis les fait retomber sur elles-mêmes ; pourquoi les soleils d'hiver ont tant de hâte à se plonger dans l'océan ou quel obstacle retarde les nuits lentes. Mais si, pour m'empêcher d'aborder ces mystères de la nature, un sang froid coule autour de mon cœur [3], puissent du moins me plaire les campagnes et les ruisseaux qui coulent dans les vallées et puissé-je aimer sans gloire les fleuves et les forêts ! Oh ! où sont les plaines, et le Sperchéus [4], et le Taygète [5] où mènent leurs bacchanales les vierges de Laconie [6] ? Oh ! qui me pourrait mettre dans les vallées glacées de l'Hémus [7], et me couvrir de l'ombre épaisse des rameaux ?

1. Tels que le ciste mystique. **2.** Ses phases diverses. **3.** Empédocle fait du sang qui avoisine le cœur le siège de la pensée : plus ce sang est froid, plus l'intelligence est faible. **4.** Le Sperchéus (auj. Hellada), rivière de la Thessalie méridionale, qui prend sa source dans le Pinde, coule à travers des gorges profondes et se jette dans le golfe Maliaque par deux bouches, non loin des Thermopyles. **5.** La chaîne du Taygète (auj. Taygelete) s'étend à travers la Laconie jusqu'au cap Ténare et domine la ville de Sparte. **6.** Il y avait au pied du Taygète un temple de Bacchus, où seules étaient admises les vierges initiées. **7.** Auj. les Balkans.

Heureux qui a pu connaître les causes des choses et qui a mis sous ses pieds toutes les craintes [1], et l'inexorable destin, et le bruit de l'avare Achéron [2] ! Mais fortuné aussi celui qui connaît les dieux champêtres, et Pan [3], et le vieux Silvain [4], et les Nymphes sœurs [5] ! Celui-là, ni les faisceaux du peuple [6], ni la pourpre des rois ne l'ont fléchi, ni la discorde poussant des frères sans foi [7], ni le Dace [8] descendant de l'Ister [9] conjuré [10], ni les affaires de Rome, ni les royaumes destinés à périr [11] ; celui-là ne voit autour de lui ni indigents à plaindre miséricordieusement, ni riches à envier. Les fruits que donnent les rameaux, ceux que donnent d'elles-mêmes les bienveillantes campagnes, il les cueille sans connaître ni les lois

1. Idée lucrétienne. **2.** Le fleuve des Enfers. **3.** Cf. *Buc.*, II. **4.** Cf. *Buc.*, X. Virgile, en le traitant de « vieux », paraît le confondre ici avec Silène. **5.** Sœurs entre elles. **6.** Assemblage de baguettes d'orme ou de bouleau, liées par des bandelettes, les faisceaux, que portaient des licteurs, étaient le symbole de l'*imperium* populaire, c'est-à-dire des diverses magistratures confiées par le peuple (dictature, consulat, préture, questure). **7.** Allusion générale aux embûches que se tendent des frères ; cf. Lucrèce, III, 72 : *Crudeles gaudent in tristi funere fratres*, « Des frères cruels se réjouissent en de sombres meurtres ». À l'époque où écrit Virgile, deux frères, Tiridate et Phraate, se disputaient le trône des Parthes. **8.** Habitants de la région comprise entre le Danube et la mer Noire (auj. une partie de la Transylvanie et de la Moldavie), les Daces inquiétaient les Romains, et, en 34, Octave attaqua leurs voisins, les Pannoniens ; en 29, Crassus, soumit une partie des Gètes, leurs autres voisins. **9.** Descendant des Alpes de Carinthie à travers lesquelles coule l'Ister (auj. le Danube). **10.** Où les Daces s'étaient alliés avec leurs voisins, les Pannoniens et les Gètes. **11.** Ceux qui luttaient contre Rome.

d'airain ni le forum insensé [1] ni les archives du peuple [2]. D'autres, avec des rames, tourmentent les flots aveugles, se ruent contre le fer et pénètrent dans les cours et les palais des rois ; l'un conspire la destruction d'une ville et de malheureux pénates, pour boire dans une gemme [3] et dormir sur la pourpre de Sarra [4] ; l'autre enfouit ses richesses et couve l'or qu'il a enterré ; celui-ci reste en extase devant les rostres [5] ; celui-là demeure bouche bée devant les applaudissements [6] qui parcourent redoublés les gradins de la plèbe et ceux des sénateurs ; d'autres se plaisent à se baigner dans le sang de leurs frères, échangent contre l'exil leurs demeures et leurs seuils si doux, et recherchent une patrie située sous d'autres cieux. Le laboureur fend la terre de son areau incurvé : c'est de là que découle le labeur de l'année ; c'est par là qu'il sustente sa patrie et ses petits-enfants, ses troupeaux de bœufs et ses jeunes taureaux qui l'ont bien mérité. Pour lui, point de relâche, qu'il n'ait vu l'année regorger de fruits, ou accroître son bétail, ou multiplier le chaume cher à Cérès, et son sillon se charger

---

1. Qui connaît les folles luttes des partis et les folles querelles des plaideurs. **2.** Les archives des actes civils, dans le temple de Saturne, sur le forum. **3.** Pierre taillée en coupe. **4.** La pourpre de Tyr, anciennement Tsor, dont les Romains ont fait Sarra (auj. Sour ou Sar). **5.** La tribune aux harangues, sur le forum, ornée des rostres ou éperons de navires pris à l'ennemi, et qui avait été reconstruite par César. **6.** Accueillant au théâtre l'arrivée d'un personnage en vue.

d'une récolte sous laquelle s'affaissent ses greniers. Vient l'hiver : les pressoirs broient la baie de Sicyone [1] ; les cochons rentrent engraissés de glandée ; les forêts donnent leurs arbouses, et l'automne laisse tomber ses fruits variés, et là-haut, sur les rochers exposés au soleil, mûrit la douce vendange. Cependant ses enfants câlins suspendus à son cou se disputent ses baisers ; sa chaste demeure observe la pudicité ; ses vaches laissent pendre leurs mamelles pleines de lait, et ses gros chevreaux, cornes contre cornes, luttent entre eux sur le riant gazon. Lui aussi a ses jours de fête, où, allongé sur l'herbe, tandis qu'au milieu brûle un feu sacré et que ses compagnons couronnent les cratères [2], il t'invoque, Lénéen [3], avec une libation, puis invite les gardiens du troupeau à lancer un rapide javelot sur la cible d'un orme et à dépouiller leurs corps rudes pour la palestre champêtre.

Telle est la vie que menèrent jadis les vieux Sabins [4], telle fut celle de Rémus et de son frère. Ainsi grandit sans doute la vaillante Étrurie ; ainsi Rome devint la merveille du monde et seule dans son enceinte renferma sept collines [5]. Même avant

1. Sicyone, ville d'Achaïe, non loin de Corinthe, et dont la campagne fertile produisait des olives célèbres. **2.** Avant la libation aux dieux. **3.** Cf. note 2, p. 73. **4.** L'un des plus anciens peuples de l'Italie, souche de toutes les nations sabelliennes. **5.** L'Aventin, le Capitole, le Célius, l'Esquilin, le Palatin, le Quirinal et le Viminal.

que le roi du Dicté [1] eût pris en main le sceptre [2], et avant qu'une race impie [3] se fût nourrie de la chair des taureaux égorgés, telle fut la vie que menait sur les terres Saturne d'or [4] : on n'avait point alors entendu encore souffler dans les clairons, ni sur les dures enclumes crépiter les épées.

Mais nous avons fourni une immense carrière, et voici qu'il est temps de détacher du joug les cols fumants des chevaux.

1. Jupiter, nourri sur le mont Dicté, en Crète. **2.** Succédant à Saturne. **3.** Les anciens Romains avaient un tel respect pour le bœuf et le taureau, auxiliaires de leur travail champêtre, qu'il était défendu d'en tuer sous peine de mort. Cf. Varron, II, 5, 4, et Columelle, VI, préface. **4.** Saturne, roi de l'âge d'or.

LIVRE TROISIÈME

Les troupeaux

Le poète espère s'illustrer en traitant un sujet nouveau (p. 109). – Temple allégorique en l'honneur d'Octave (p. 110). – Invocation à Mécène (p. 113). – Reproduction des taureaux (p. 114) et des chevaux (p. 115). – Soins des mères (p. 119), des veaux (p. 120), des poulains (p. 121). – L'amour chez les animaux : combat des taureaux, fureur des cavales (p. 123). – Les brebis et les chiens (p. 127). – Les troupeaux en Libye (p. 130), en Scythie (p. 130). – La laine (p. 132). – Le lait (p. 133). – Les chiens (p. 133). – Soins de propreté aux étables (p. 134). – Maladies des troupeaux (p. 135). – La peste des animaux en Illyrie (p. 137).

Sources : Varron. – Aristote, *Histoire des animaux* (pour les pages 124 et 126). – Nicandre de Colophon, *Thériaques* (pour la page 134). – Lucrèce, pour la description de la peste (p. 137 *sq.*).

Toi aussi, grande Palès [1], et toi, ô mémorable, nous te chanterons, pâtre de l'Amphryse [2], et vous, forêts et rivières du Lycée [3]. Les autres sujets de poèmes qui auraient charmé les esprits oisifs sont maintenant trop connus. Qui ne connaît ou le dur Eurysthée [4] ou les autels de l'infâme Busiris [5] ? Qui n'a dit le jeune Hylas [6], et la

1. Déesse des bergers, des troupeaux et des pâturages, protectrice du mont Palatin. Ses fêtes, les Palilies, coïncidaient avec l'anniversaire de la fondation de Rome par Romulus (le 11e jour des calendes de mai). **2.** L'Amphryse, petit fleuve de Thessalie, sur les bords duquel Apollon, chassé du ciel pour avoir tué les Cyclopes, fit paître les troupeaux du roi Admète. **3.** Sur le Lycée, cher au dieu Pan, cf. note 6, p. 38. **4.** Eurysthée, fils de Sthénélos, roi d'Argos, qui imposa à Hercule ses douze travaux, et qui fut tué par Hyllos, fils d'Hercule. – Le sujet a été traité par Théocrite. **5.** Les autels sur lesquels le roi d'Égypte Busiris, fils de Neptune et d'Anippé, immolait les étrangers qui abordaient ses États ; Busiris fut tué par Hercule. – Le sujet de Busiris a été traité par Callimaque. **6.** L'un des Argonautes, favori d'Hercule, disparu sur la côte de la Mysie, en puisant de l'eau à une fontaine, où les naïades, amoureuses de sa beauté, l'avaient attiré. – Le sujet a été traité par Théocrite, Nicandre, Apollonius de Rhodes.

Latonienne Délos[1], et Hippodamie[2], et, reconnaissable à son épaule d'ivoire, Pélops[3], écuyer fougueux ? Il me faut tenter une route où je puisse moi aussi[4] m'élancer loin de la terre et voir mon nom vainqueur voler de bouche en bouche. C'est moi qui le premier, si ma vie est assez longue, ferai descendre les Muses du sommet Aonien[5] pour les conduire avec moi dans ma patrie ; le premier, je te rapporterai ô Mantoue[6], les palmes d'Idumée[7], et, dans la verte plaine, j'élèverai un temple de marbre, au bord de l'eau où en lents détours erre le large Mincius[8] et où le roseau tendre a couronné ses rives. Au milieu[9] je mettrai César[10], qui

---

1. Délos (auj. Dili), l'île des Cyclades où Latone mit au monde sur le Cynthe les deux jumeaux, Apollon et Diane. – Le sujet a été traité par Callimaque, dans son *Hymne à Délos*. **2.** Hippodamie, fille d'Œnomaüs, roi de Pise en Élide. L'oracle ayant prédit qu'Œnomaüs serait tué par son futur gendre, il déclara qu'il ne donnerait sa fille qu'à celui qui vaincrait à la course des chars ses chevaux « plus rapides que le vent », et que les vaincus seraient mis à mort. Treize prétendants avaient déjà péri quand Pélops, ayant corrompu Myrtile, écuyer d'Œnomaüs, l'emporta : l'essieu du char d'Œnomaüs se rompit, Œnomaüs fut tué dans l'accident, et Pélops épousa Hippodamie. – Le sujet a été traité par Callimaque. **3.** Pélops, fils de Tantale, roi de Lydie, fut tué par son père et servi à la table des dieux. Cérès, distraite, mangea une épaule du malheureux Pélops, mais Jupiter le ressuscita et Cérès remplaça par une épaule d'ivoire celle qu'elle avait mangée. **4.** Après les poètes grecs et alexandrins. **5.** – Du sommet de l'Hélicon, en Béotie ou Aonie (du nom de l'ancien roi Aon). **6.** La petite patrie du poète. **7.** L'Idumée ou pays d'Édom, dans la Palestine méridionale, célèbre par ses palmeraies. **8.** Le Mincio prend sa source dans les Alpes et traverse le lac de Garde (*lacus Benacus*) avant d'arroser Mantoue et de se jeter dans le Pô. **9.** Dans le *naos*. **10.** Octave Auguste.

sera le dieu du temple. Moi-même en son honneur, vainqueur [1] et attirant les regards sous la pourpre de Tyr [2], je pousserai cent chars quadriges le long du fleuve. À mon appel, la Grèce entière, quittant l'Alphée [3] et les bois sacrés de Molorchus [4], disputera le prix des courses et du ceste sanglant [5], et moi, la tête ornée des feuilles d'un rameau d'olivier, j'apporterai des dons. Tu jouis déjà d'avance du plaisir de conduire aux sanctuaires les pompes solennelles, et de voir les jeunes taureaux égorgés, ou comme la scène mobile fait tourner ses décors [6], ou comme les Bretons [7] lèvent les rideaux [8] de pourpre tissus de leur image. Sur les portes, je représenterai en or et en ivoire massif le combat des Gangarides [9] et les armes de Quirinus vainqueur [10] ; et là le Nil aux ondes guerrières [11] et au grand cours, et les

1. Dans la lutte poétique. **2.** Que portaient les sénateurs et organisateurs de jeux. **3.** Fleuve de l'Élide (auj. Roufia), qui arrosait la plaine où avaient lieu les jeux Olympiques. **4.** Molorchus, berger de Cléones, près de Némée, reçut chez lui Hercule après sa victoire sur le lion de Némée. Au temps de Virgile, les jeux Néméens se donnaient tous les deux ans à Argos. **5.** Le ceste était un gant de lanières de cuir de bœuf cru, croisées les unes sur les autres, et qui contenait des lames de plomb et de fer ; cf. *Én.*, V. 405. **6.** Qui glissaient sur des pivots. **7.** Les Bretons, brodés dans le tissu, paraissaient mouvoir le rideau. **8.** Les Latins levaient le rideau pour cacher la scène et le baissaient pour la découvrir. C'est le contraire de l'usage actuel. **9.** Habitants des bords du Gange, dont Octave allait bientôt recevoir à Samos les ambassadeurs effrayés. **10.** Octave Auguste, que le sénat identifia plus tard avec le dieu Quirinus-Romulus des anciens Romains. **11.** Allusion aux manœuvres d'Antoine et de Cléopâtre.

colonnes dressées avec l'airain naval [1]. J'ajouterai les villes d'Asie domptées [2], et le Niphate repoussé [3], et le Parthe mettant son espoir dans sa fuite et dans les flèches qu'il lance en se retournant, et deux trophées ravis de haute lutte à des ennemis qui habitent des contrées opposées [4], et le double triomphe remporté sur des peuples qui habitent l'un et l'autre rivage [5]. Là se dresseront aussi dans la pierre de Paros [6] les images vivantes de la postérité d'Assaracus [7], et cette race renommée descendue de Jupiter [8], et Tros [9] leur père, et le Cynthien, fondateur de Troie [10] ; l'Envie infortunée y aura peur des Furies [11], et du fleuve

---

1. Les quatre colonnes de bronze qu'Octave fit dresser sur le Capitole avec les rostres des navires pris à l'ennemi. **2.** On représentait les villes par des femmes couronnées de tours. **3.** Le Niphate est une montagne d'Arménie (auj. le Nimrod), d'où le Tigre descend. Phraate, roi des Parthes, avait battu Artavasd, roi d'Arménie, et lui avait substitué Artaxe, qui massacra les Romains du pays. « Le Niphate » n'était pas encore « repoussé », quand Virgile écrivait *Les Géorgiques* : les Arméniens furent soumis par Tibère en 20 av. J.-C. **4.** L'Orient et l'Occident. **5.** Les côtes de l'Orient et celles de l'Occident. **6.** Le marbre blanc de Paros (auj. Paro), l'une des Cyclades, était particulièrement renommé. **7.** Assaracus, fils de Tros et roi de Troie, était le père de Capys, l'aïeul d'Anchise, le bisaïeul d'Énée, à qui la *gens Julia* prétendait remonter. **8.** La race d'Assaracus, petit-fils d'Érichthon, lui-même fils de Dardanius, lui-même fils de Jupiter. **9.** Le père d'Assaracus ; cf. note 7 ci-dessus. **10.** Apollon, né sur le Cynthe, à qui la légende attribuait la fondation de Troie ; cf. *Géorg.*, I, p. 68, et la note 4. **11.** Un bas-relief allégorique représentait l'Envie des ennemis impuissants d'Octave, précipitée aux Enfers et fuyant devant les Furies.

sévère du Cocyte[1], et des serpents d'Ixion enroulés[2], et de la roue monstrueuse[3], et de l'insurmontable rocher[4].

Cependant entrons dans les forêts des Dryades[5] et dans les fourrés vierges[6] ; tes ordres, Mécène, ne sont pas faciles à exécuter. Mais sans toi mon esprit n'entreprend rien de haut. Allons, viens, et brise les mols retards : le Cithéron[7] nous appelle à grands cris[8], et les chiens du Taygète[9], et Épidaure dompteuse de chevaux[10], et leur voix retentit, répétée par l'écho des bois. Bientôt pourtant je me préparerai à dire les ardentes batailles de César[11] et à faire vivre son nom pendant autant

1. Le fleuve des Enfers qui reçoit l'Achéron et forme le Styx. Sur ses bords « sévères » erraient pendant cent ans ceux qui n'avaient pas été ensevelis. **2.** Ixion, roi des Lapithes, ayant osé porter les regards et même la main sur Junon, fut précipité par Jupiter dans le Tartare et attaché à une roue qui tournait sans cesse. Virgile est le seul poète à avoir parlé des serpents qui liaient Ixion, mais on trouve la scène sur la représentation d'un vase grec de Cumes, soit que le sculpteur ait suivi Virgile, soit que Virgile ici ait suivi un sculpteur. **3.** La roue d'Ixion. **4.** Le rocher que Sisyphe, fils d'Éole, roi de Corinthe, et brigand fameux, fut condamné, après que Thésée l'eut tué, à rouler sans cesse, au haut d'une montagne d'où il retombait toujours. **5.** Les forêts hantées par les nymphes Dryades, « nymphes des bois ». **6.** Virgile est le premier poète latin à écrire un poème champêtre. **7.** Montagne qui séparait l'Attique de la Béotie. **8.** Sans doute les cris des animaux qui paissaient les pentes boisées du Cithéron. **9.** Les chiens de Laconie, dont le Taygète (cf. note 5, p. 101), qui en est la chaîne de montagnes principale, était un rendez-vous de chasse pour les Spartiates. **10.** Épidaure, ville d'Argolide, était réputée pour ses chevaux ; cf. Horace, *Od.*, I, 7, 9. **11.** Allusion possible à l'*Énéide* ; allusion plus probable à un futur poème, dont l'idée était encore vague.

d'années qu'il s'en est écoulé depuis l'origine première de Tithon [1] jusqu'à César.

Soit qu'admirant les prix de la palme olympique on fasse paître des chevaux, soit qu'on élève pour la charrue de jeunes taureaux robustes, le principal est de choisir les mères. La meilleure vache est celle dont le regard est torve, la tête laide, l'encolure très forte, et dont les fanons pendent du menton jusqu'aux pattes ; puis, un flanc démesurément long ; tout grand, le pied lui-même, et, sous des cornes courbes, des oreilles hérissées de poil. Il ne me déplairait pas que sa robe fût marquée de taches blanches, qu'elle refusât le joug, qu'elle eût parfois la corne farouche, qu'elle fût assez proche du taureau par l'aspect et que, haute de taille, elle balayât du bout de sa queue la trace de ses pas.

L'âge propice aux travaux de Lucine [2] et aux justes hymens cesse à dix ans et commence à quatre : en dehors de ces limites, elle n'est ni propre à la reproduction ni forte pour la charrue. Pendant ce temps, alors que les troupeaux sont dans la plénitude de leur riante jeunesse, délie les mâles ; sois le premier à livrer tes troupeaux à Vénus [3], et à remplacer par la reproduction une génération par une autre. Les plus beaux jours de

---

1. Frère de Priam et petit-neveu d'Assaracus ; cf. notes 7 et 8, p. 112. **2.** Déesse qui présidait aux naissances (*Lucina genitalis*), confondue parfois avec Junon, et plus souvent avec Diane. **3.** L'amour.

l'âge [1] des malheureux mortels sont les premiers à fuir : à leur place viennent les maladies et la triste vieillesse, puis les souffrances, et l'inclémence de la dure mort nous prend. Tu auras toujours des mères que tu préféreras réformer ; remplace-les donc toujours et, pour n'avoir pas de pertes à regretter, préviens-les et choisis chaque année des rejetons propres à reproduire le troupeau.

Même choix pour la race chevaline : ceux que tu décideras d'élever en vue de la reproduction doivent, dès leurs tendres années, être le principal objet de tes soins. D'abord, le poulain de bonne race s'avance dans les guérets la tête haute et a des jarrets souples. Il est le premier à se mettre en route, à affronter des fleuves menaçants, à se risquer sur un pont inconnu, et il ne s'effraie point des vains bruits. Il a l'encolure haute, la tête effilée, le ventre court, la croupe rebondie, et son ardent poitrail fait ressortir ses muscles. On estime le bai brun et le gris pommelé ; la couleur la moins estimée est le blanc et l'alezan. Puis, si au loin retentit le bruit des armes, il ne peut tenir en place, il dresse les oreilles, tressaille de tous ses membres, et roule en frémissant le feu qui s'est amassé dans ses naseaux. Sa crinière est épaisse, et retombe à chaque mouvement sur son épaule

1. Cf. La Fontaine : « La plus belle saison fuit toujours la première ;/ Puis la foule des maux amène le chagrin,/ Puis la triste vieillesse ; et puis l'heure dernière/ Au malheur des mortels met la dernière main. »

droite. Son épine dorsale court double le long des reins ; son sabot creuse la terre, qui résonne profondément sous sa corne solide. Tel Cyllare[1] dompté par les rênes de Pollux d'Amyclée[2], et tels, célébrés par le poète grec[3], les chevaux de Mars[4] attelés deux par deux et ceux qui traînaient le char du grand Achille[5] ; tel aussi, à l'arrivée de son épouse, Saturne[6] lui-même, d'un bond, répandit sa crinière sur un cou de cheval et, dans sa fuite, emplit le haut Pélion[7] d'un hennissement aigu.

Mais ce cheval même, lorsque, appesanti par la maladie ou déjà ralenti par les ans, il a des défaillances, enferme-le au logis et sois indulgent à une vieillesse qui ne le déshonore pas. Frigide pour Vénus[8] lorsqu'il est trop âgé, il traîne en vain un labeur ingrat ; et, si parfois on en vient au combat, tel un grand feu sans force allumé dans la paille, il déploie une fureur stérile. Donc

---

1. Nom du cheval célèbre donné par Neptune à Pollux. **2.** Pollux, fils de Jupiter et de Léda, elle-même femme de Tyndare, roi d'Amyclée ou Amyclées (auj. Sclavochori), en Laconie. **3.** Par Homère et Antimaque. **4.** L'un de ces chevaux, à en croire Antimaque, se nommait « Peur », *Phobos* (Φόϐος). **5.** C'étaient le Blond, *Khanthos* (Χάνθος), et le Moucheté, *Balios* (Βαλίος) ; cf. *Il.*, XV, 119, et XVI, 149. **6.** Surpris par la brusque arrivée de son épouse Rhéa, au moment où il faisait l'amour avec l'Océanide Philyre, Saturne se changea en cheval et s'enfuit. Et, comme fruit de ses amours avec le dieu métamorphosé en cheval, la belle Philyre mit au monde le Centaure Chiron. **7.** Car c'est là que Saturne et Philyre se trouvaient réunis ; cf. note 5, p. 55. **8.** L'amour.

tu noteras principalement son ardeur et son âge, puis ses autres qualités, sa race et ses auteurs, sa douleur dans la défaite, sa gloire d'avoir la palme. Ne le vois-tu pas, quand précipités à l'envi dans la plaine les chars dévorent l'espace et se ruent hors de la barrière, quand l'espoir tend les jeunes gens et que les pulsations de la peur font battre leurs cœurs palpitants ? Ils enlèvent leur attelage d'un coup de fouet, et, penchés en avant, lâchent les guides ; l'essieu vole enflammé de l'effort ; ils semblent tantôt se baisser, tantôt se dresser dans l'espace, emportés par le vide de l'air, et monter à l'assaut des brises. Point de trêve, point de relâche ! Un nuage de poussière fauve s'élève ; ils sont mouillés de l'écume et du souffle de ceux qui les suivent : tant l'amour de la gloire est grand, tant ils ont la victoire à cœur !

Le premier, Érichthon [1], osa inventer les chars et y atteler quatre chevaux, et, se tenir, rapide vainqueur, sur des roues [2]. Les Lapithes du Péléthronium [3], montés sur le dos des chevaux, les dressèrent au frein et aux voltes et apprirent au cavalier couvert d'armes à bondir sur le sol et à faire des galops superbes. L'effort est pareil dans les deux cas ; aussi les éleveurs réclament-ils pareillement un cheval jeune, ardent de cœur et

1. Roi d'Athènes, successeur d'Amphitryon, créateur des Panathénées. **2.** Le conducteur était toujours debout. **3.** Les Lapithes du Péléthronium, forêt située sur le Pélion, passaient pour avoir inventé le frein et la selle.

rapide à la course, même si tel autre étalon a souvent poursuivi l'ennemi en fuite, et se vante d'avoir pour patrie l'Épire et la vaillante Mycènes [1], et fait remonter jusqu'à Neptune [2] lui-même l'origine de sa race.

Ces observations faites, on s'applique quand la saison approche, on dépense tous ses soins à gonfler d'une graisse épaisse l'animal qu'on a choisi comme chef du troupeau et désigné comme mari ; on coupe pour lui des herbes dans leur fleur, on lui sert des eaux courantes et de l'épeautre, pour qu'il ne puisse pas être inférieur à sa douce tâche et qu'une postérité débile n'atteste pas que le père a jeûné. Au contraire on fait tout pour amaigrir et amincir les femelles, et dès que la volupté qu'elles ont déjà connue les sollicite aux accouplements, on leur refuse tout feuillage et on les écarte des fontaines. Souvent même on les rompt à la course, et on les fatigue au soleil, alors que l'aire gémit du lourd battage des grains, et qu'au Zéphyre naissant s'éparpillent les pailles vides. C'est ainsi qu'on empêche un embonpoint excessif d'engorger le champ génital, et d'en fermer les sillons inertes ; c'est ainsi que la femelle assoiffée saisit Vénus [3] et s'en imprègne plus profondément.

---

1. L'Épire et la ville de Mycènes, en Argolide, étaient réputées pour leurs chevaux. **2.** Qui, d'un coup de son trident, avait fait sortir de terre un cheval fougueux, lors de sa querelle avec Minerve. **3.** Le suc de l'amour mâle.

Alors cessent les soins à donner aux pères, et commencent ceux à donner aux mères. Quand au bout de quelques mois elles errent, chargées de leur fruit, qu'on ne les laisse point mener sous le joug des chariots lourds, ni franchir un chemin en sautant, ni s'enfuir au galop dans les prés, ni se jeter à la nage dans des eaux rapides. Qu'elles paissent dans des bocages solitaires, le long de rivières coulant à pleins bords, où elles trouvent de la mousse et une rive toute verte de gazon, l'abri des grottes et l'ombre qui s'étend des rochers.

Aux environs des bois du Silare [1] et de l'Alburne [2], que verdissent les yeuses, pullule un insecte ailé, dont le nom romain est *asile* [3] et que les Grecs appellent *œstre* dans leur langage : insecte furieux, dont le bourdonnement aigu épouvante et fait fuir des troupeaux entiers dans les bois ; l'air ébranlé retentit de mugissements furieux, ainsi que les bois de la rive du Tanagre [4] à sec. C'est ce monstre qui servit jadis d'instrument à l'horrible colère de Junon, lorsqu'elle médita la perte de la génisse, fille d'Inachus [5] ; c'est de lui

1. Le Silare (auj. Selé) est un fleuve qui séparait la Campanie de la Lucanie et qui se jetait dans le golfe de Pestum (auj. golfe de Salerne). **2.** Montagne de la Lucanie (auj. Monte di Postiglione). **3.** Le taon, en grec *œstre* (οἶστρος), « fureur ». **4.** Affluent du Silare (auj. Negro) ; cf. note 1 ci-dessus. **5.** Io, fille d'Inachus, premier roi d'Argos, fut aimée par Jupiter et devint vite odieuse à Junon. Pour la soustraire à la vengeance jalouse de sa femme, Jupiter transforma Io en génisse. Junon fit alors surveiller Io par Argus, mais Mercure délivra Io de son gardien en le massacrant.

aussi (car il est plus acharné aux ardeurs de midi) que tu garantiras tes femelles pleines, en ne faisant paître tes troupeaux qu'à l'heure où le soleil vient de se lever ou quand les astres amènent la nuit.

Lorsque les génisses ont mis bas, tous les soins passent aux petits. On les marque sur-le-champ au fer rouge pour indiquer leur race, et distinguer ceux qu'on choisit pour perpétuer le troupeau, ceux qu'on réserve aux sacrifices des autels, et ceux qu'on destine à déchirer la terre et à retourner la plaine hérissée de mottes brisées. Tout le reste du troupeau va paître les verts herbages. Ceux que tu veux former aux soins et aux besoins de la campagne, entraîne-les quand ils sont encore de petits veaux, et engage-toi dans la voie du dressage, tandis que leur humeur est docile encore et leur jeune âge facile à plier. Et d'abord attache-leur au cou des cercles flottants d'osier mince ; puis, quand leurs libres cols se seront faits au joug, attelle-les deux par deux à de vrais colliers et force-les à marcher de front ; que déjà ils mènent sur le sol des chariots vides et laissent à peine des traces sur la poussière qui le couvre. Plus tard, qu'un essieu de hêtre crie sous la charge pesante qu'il supporte et qu'un timon d'airain tire sur les roues qu'il lie. Cependant cueille pour cette jeunesse indomptée non seulement le gazon et les

---

Junon, furieuse, attacha un taon à la poursuite de la trop belle génisse, qui se sauva en Égypte où elle reprit sa première forme et fut adorée sous le nom d'Isis ; cf. Ovide, *Mét.*, I, 588.

grêles feuilles du saule et l'ulve marécageuse, mais aussi des tiges de blé nouveau ; et, quand tes génisses sont devenues mères, ne va pas, à l'exemple de nos pères, remplir tes jattes de leur traite neigeuse, mais laisse-les épuiser leurs mamelles tout entières pour leurs doux nourrissons.

Si tes préférences vont à la guerre et aux farouches escadrons, ou si tu veux effleurer de tes roues l'Alphée [1] qui coule à Pise [2], et faire voler tes chars dans le bois sacré de Jupiter [3], le premier travail de ton cheval sera de voir l'ardeur et les armes des guerriers en lutte, de supporter le son des trompettes, de se faire au gémissement d'une roue lorsqu'on tire un chariot, et d'entendre à l'étable le cliquetis des freins ; puis de se plaire de plus en plus aux éloges caressants de son maître et d'aimer le bruit d'une main claquant son encolure. Qu'il s'enhardisse à tout cela, dès qu'il est sevré des mamelles de sa mère, et qu'à son tour il offre sa tête à de souples bridons, alors qu'il est faible, encore craintif et encore ignorant de la vie. Mais au bout de trois ans, lorsque sera venu le quatrième été, qu'il commence à décrire des voltes, à faire sonner le sol sous ses pas cadencés, à courber tour à tour ses jarrets en tournant ; qu'il

1. Cf. note 3, p. 111. **2.** Où se célébraient les jeux Olympiques. **3.** L'enceinte sacrée, dont Jupiter était le maître, et qu'on nommait *Altis*.

ait réellement l'air de travailler ; qu'alors, oui alors, il provoque les vents à la course et que volant à travers les plaines, comme s'il était libre des rênes, il laisse à peine de traces à la surface du sable. Tel, des bords hyperboréens [1], l'épais Aquilon se précipite et disperse les orages de Scythie et les nuages sans pluie : alors les hautes moissons et les plaines ondoyantes frémissent aux souffles tièdes, et les cimes des forêts font entendre une rumeur, et les flots se pressant viennent battre de loin les côtes : l'Aquilon vole, balayant dans sa fuite à la fois les guérets et les eaux. Ainsi dressé le cheval se couvrira de sueur aux bornes [2] et aux vastes espaces de la plaine de l'Élide [3], et vomira des écumes sanglantes ; ou bien, d'un cou docile, il emportera les chars des Belges [4]. C'est seulement quand ils seront domptés que tu laisseras la dragée grasse leur donner une forte corpulence ; car avant le dressage, ils montreront une humeur trop fière, et, si on les saisit, ils refuseront de subir le fouet flexible et d'obéir aux durs caveçons.

Mais le meilleur moyen d'affermir la vigueur, soit des bœufs soit des chevaux, selon ce qu'on préfère, est d'écarter Vénus et les aiguillons de

---

1. De la région nordique des monts Riphées. **2.** Les bornes autour desquelles on tournait aux deux bouts du stade. **3.** Élis, en 572, avait détruit Pise, pour avoir l'administration des jeux Olympiques. **4.** C'étaient des chars à deux roues, ouverts devant, fermés derrière, et tirés par deux chevaux. Les Romains les adoptèrent après la guerre des Gaules.

l'amour aveugle. Et c'est pourquoi on relègue au loin les taureaux, dans des pacages solitaires, derrière la barrière d'une montagne, au-delà d'un large fleuve, ou encore on les garde enfermés dans l'étable près de crèches bien garnies. Car la vue d'une femelle mine peu à peu leurs forces et les consume et leur fait oublier les bois et les herbages. C'est elle encore, par ses doux attraits, qui force souvent deux amants superbes à combattre à coups de corne. Tandis que paît dans la grande Sila [1] la superbe génisse, eux, s'attaquant tour à tour, engagent une lutte violente et se couvrent de blessures : un sang noir baigne leurs corps ; front contre front ils entrechoquent leurs cornes avec un vaste mugissement, dont retentissent les forêts et le lointain Olympe. Désormais une même étable ne réunit plus les combattants, mais l'un, le vaincu, s'en va et s'exile au loin sur des bords inconnus, gémissant longuement sur son ignominie et sur les coups de son superbe vainqueur, puis sur ses amours qu'il perdit sans vengeance ; et, le regard tourné vers son étable, il s'est éloigné du royaume où régnaient ses aïeux. Alors il n'a d'autre souci que d'exercer ses forces ; il s'étend la nuit parmi de durs rochers sur une couche sans litière ; il se nourrit de frondaisons épineuses et de laîches piquantes ; il s'essaie et s'apprend à concentrer sa colère dans ses cornes, en luttant

1. Plateau boisé du Bruttium.

contre un tronc d'arbre ; il harcèle de ses coups les vents et prélude au combat en faisant voler le sable. Puis, quand il a rassemblé sa vigueur et rétabli ses forces, il entre en guerre, et fond tête baissée sur son ennemi qui l'a oublié. Telle la vague commence à blanchir au milieu de la mer haute, puis, à mesure qu'elle s'éloigne du large, se creuse de plus en plus, puis, roulant vers la terre se brise contre les rochers avec un bruit affreux, et retombe de toute sa hauteur ; cependant l'onde bouillonne jusqu'au fond du gouffre, et de ses profondeurs soulève un sable noir.

Oui, toute la race sur terre et des hommes et des bêtes, ainsi que la race marine, les troupeaux, les oiseaux peints de mille couleurs, se ruent à ces furies et à ce feu : l'amour est le même pour tous. Jamais en nulle autre saison la lionne oubliant ses petits n'erra plus cruelle dans les plaines ; jamais les ours informes ne semèrent autant le carnage et la mort à travers les forêts ; alors le sanglier est féroce, la tigresse plus mauvaise que jamais. Malheur, hélas ! à qui s'égare alors dans les champs solitaires de la Libye ! Ne vois-tu pas comme les chevaux frémissent de tout leur corps, si l'air leur a seulement apporté des effluves bien connus ? Et ni les freins des hommes, ni les fouets cruels, ni les rochers, ni les ravins, ni la barrière des fleuves ne les arrêtent, même quand ces fleuves roulent des quartiers de montagnes dans leurs ondes.

Lui-même, le porc Sabellique [1] se rue, aiguise ses défenses, gratte du pied la terre, frotte ses côtes contre un arbre et endurcit tour à tour ses épaules aux blessures. Que n'ose point un jeune homme [2], lorsque le dur amour fait circuler dans ses os son feu puissant ? À travers la tempête déchaînée, tard dans la nuit aveugle, il fend les flots à la nage ; au-dessus de lui tonne la porte immense du ciel [3], et les vagues qui se brisent sur les écueils le rappellent en arrière ; mais le malheur de ses parents ni celui de la jeune fille qui mourra après lui d'un cruel trépas ne peuvent le faire renoncer à son entreprise. Que dire des lynx tachetés de Bacchus [4], et de la race violente des loups, et des chiens ? Que dire des cerfs qui, malgré leur timidité, se livrent des combats ? Mais c'est surtout la fureur des cavales qui est insigne, et c'est Vénus elle-même qui leur donna cette fureur, au temps où les Potniades [5] déchirèrent de leurs mâchoires les membres de Glaucus [6]. Elles, l'amour les

1. Le sanglier de Sabine, le plus terrible des sangliers, disait-on, avec celui de la Lucanie. **2.** Allusion à Léandre, jeune homme d'Abydos, qui, toutes les nuits, traversait l'Hellespont à la nage pour aller retrouver sa maîtresse, Héro, prêtresse de Vénus à Sestos. Une torche allumée par Héro au haut d'une tour lui servait de phare, mais, par une nuit de tempête, Léandre se noya, et quand les vagues, le matin, déposèrent son cadavre sur la côte de Sestos, Héro se précipita dans la mer. **3.** Selon la tradition, le tonnerre était le fracas fait par la porte du ciel, quand elle s'ouvrait brusquement pour laisser passage à l'orage. **4.** Le char de Bacchus était tiré par des lynx, des tigres et des panthères. **5.** Les cavales de Potnie, ville de Béotie, non loin de Thèbes. **6.** Glaucus, fils de Sisyphe et père de Bellérophon, ayant éloigné des étalons ses

entraîne au-delà du Gargare[1] et au-delà de l'Ascagne sonore[2] ; elles franchissent les montagnes, passent à la nage les fleuves, et dès que la flamme s'est allumée dans leurs moelles avides (au printemps surtout, car c'est au printemps que la chaleur est rendue aux os), elles se dressent aux sommets des rochers, la bouche tournée vers le Zéphyr, et s'imprègnent de ces brises légères, et souvent, sans aucun accouplement, fécondées par le vent[3], ô merveille ! elles s'enfuient de toute part à travers les rochers et les pics et les profondes vallées, non point dans ta direction, ô Eurus[4], ni vers le lever du soleil, mais vers Borée[5] et vers le Caurus[6], ou encore du côté où naît l'Auster[7] si noir, qui attriste le ciel de sa pluie froide. C'est alors que l'humeur visqueuse, justement nommée hippomane[8] par les bergers, suinte de leur aine,

---

cavales afin de les conserver plus fines et plus légères, se vit déchirer par elles à belles dents. **1.** Cf. note 2, p. 44. **2.** Fleuve de Bithynie, déverseur du lac du même nom (auj. Isnik). **3.** Les anciens croyaient à cette fécondation étonnante. Nous en trouvons le témoignage dans Homère, *Il.*, XVI, 150, qui attribue au Zéphyr la paternité des chevaux d'Achille ; dans Aristote, *Histoire des animaux*, VI, 18 ; dans Varron, II, I, qui écrit que « la chose est incroyable et pourtant vraie » ; dans Pline, VIII, 67, et Columelle, VI, 27, qui en parlent comme de faits avérés et citent des cas. **4.** Direction sud-est. **5.** Vers le nord. **6.** Vers le sud-ouest. **7.** Du côté sud. **8.** Le mot désigne tantôt, comme ici, l'humeur âcre et visqueuse « qui suinte de l'aine des juments » ; tantôt l'excroissance de chair que le poulain nouveau-né porte sur le front et dont les sorcières tiraient des philtres d'amour ; cf. *Én.*, IV, 515.

l'hippomane que de méchantes marâtres ont souvent recueilli et mêlé à des herbes [1] et à de coupables paroles.

Mais le temps fuit, et il fuit sans retour, tandis que séduits par notre sujet nous le parcourons dans tous ses détails.

C'est assez parler des grands troupeaux ; reste la seconde partie de ma tâche : traiter des troupeaux porte-laine et des chèvres au long poil. C'est un travail ; mais espérez-en de la gloire, courageux cultivateurs. Je ne me dissimule pas en mon for intérieur combien il est difficile de vaincre mon sujet par le style et de donner du lustre à de minces objets. Mais un doux amour m'entraîne le long les pentes désertes du Parnasse ; il me plaît d'aller par ces cimes, où nulle roue avant moi n'a jamais laissé de traces sur la douce déclivité de Castalie [2]. C'est maintenant, vénérable Palès [3], maintenant qu'il faut chanter d'une voix forte.

Pour commencer, je prescris qu'on laisse les brebis brouter leur herbe dans de douces étables, jusqu'au retour de l'été et de ses frondaisons ; qu'on étende sur le sol rude une couche épaisse de paille et des bottes de fougères, pour préserver de la froidure du gel le délicat troupeau et le

1. À des herbes magiques, dont certaines portent le nom d'herbes d'hippomane. **2.** Fontaine, sur la pente du Parnasse, consacrée aux Muses, et ainsi nommée du nom de la nymphe qui s'y précipita pour échapper à l'étreinte d'Apollon. **3.** Cf. note 1, p. 109.

sauver de la gale et de la goutte déformante [1]. Puis, passant à un autre ordre d'idées, je veux qu'on donne aux chèvres une suffisante ration de feuilles d'arbouse et qu'on leur fournisse des eaux vives toujours fraîches ; que leurs étables, à l'abri du vent, reçoivent au midi le soleil hivernal, lorsque le froid Verseau [2] commence à décliner et arrose de ses pluies la fin de l'année [3]. Aussi dignes de nos soins attentifs que les brebis, les chèvres ne nous seront pas moins utiles, quel que soit le prix qu'on vende les toisons de Milet [4] imprégnées de la pourpre de Tyr [5]. La chèvre a une postérité plus nombreuse, et donne du lait en grande quantité : plus la jatte, sous le pis qu'elle épuise, se couvrira d'écume, plus abondant sera le flot qui ruissellera de leurs mamelles pressées. Ce n'est pas tout : on coupe la barbe qui blanchit le menton du bouc de Cinyps [6] et ses longs poils pour l'usage des camps et la vêture des pauvres matelots. D'ailleurs les chèvres paissent dans les bois et sur les sommets du Lycée [7], broutant des ronces épineuses et

---

1. Vulgairement, la *clavelée* (de *clavus*, clou), petites tumeurs qui déforment le pied des brebis. **2.** Le Verseau (« verseur de pluie »), signe du Zodiaque, qui se couche le 15 février et auquel succèdent les Poissons. **3.** L'année agricole finissait avec la fin de l'hiver (en février). **4.** Milet, en Asie Mineure, au sud de l'embouchure du Méandre, était renommée par ses laines, auxquelles Pline donne le troisième rang ; cf. Pline, VIII, 190. **5.** On les trempait dans des matières colorantes chaudes. **6.** Petit port de la Libye, à l'embouchure de la rivière qui porte ce nom (auj. Cinifo ou, en arabe, Ouadi-Quaham), entre les deux Syrtes. **7.** Cf. note 6, p. 38.

les broussailles qui se plaisent sur les lieux escarpés ; et d'elles-mêmes, ayant de la mémoire, elles rentrent au bercail, y ramènent leurs petits, et ont peine à franchir le seuil avec leur pis gonflé. Tu mettras donc d'autant plus de soins à les protéger du gel et des vents neigeux que leur besoin est moindre de l'assistance de l'homme ; tu leur apporteras en abondance une pâture d'herbes et de branches flexibles, et, de tout l'hiver, tu ne leur fermeras pas tes greniers à foin.

Mais quand l'été riant à l'appel des Zéphyrs enverra dans les clairières et les pacages l'un et l'autre troupeau [1], parcourons les fraîches campagnes aux premiers feux de Lucifer [2], dans la nouveauté du matin et le givre des prairies, quand la rosée si agréable au bétail perle sur l'herbe tendre. Puis quand la quatrième heure du jour [3] réveillera leur soif, et que les plaintives cigales fatigueront les bosquets de leur chant, mène tes troupeaux aux puits ou aux étangs profonds boire l'eau qui court dans des canaux d'yeuse. En pleine chaleur, cherche une vallée ombreuse : que le grand chêne de Jupiter au tronc [4] antique y déploie ses rameaux immenses, ou qu'une noire forêt d'yeuses touffues y couvre le sol de son ombre sacrée. Puis donne-leur encore de minces

---

1. Les chèvres et les brebis. **2.** L'étoile du matin, qui est aussi l'étoile du soir. **3.** La quatrième heure du jour solaire, environ dix heures du matin en été. **4.** Un chêne pareil aux chênes de Dodone.

filets d'eau et fais-les paître encore au coucher du soleil, quand la fraîcheur du soir tempère l'air, quand la lune verseuse de rosée [1] ranime les clairières, quand le rivage retentit des chants de l'alcyon [2] et les buissons de ceux du chardonneret.

Te décrirai-je dans mes vers les pâtres de la Libye, leurs pâturages et leurs douars peuplés de rares cabanes ? Souvent, jour et nuit, et tout un mois sans interruption, le troupeau paît et va dans de vastes déserts, sans trouver nul abri : tant l'étendue de la plaine est grande. Le bouvier africain emmène tout avec lui : maison, Lare, armes, chien d'Amyclée [3] et carquois de Crète [4] ; c'est ainsi que revêtu des armes de ses pères, le vaillant Romain poursuit sa route sous un énorme fardeau, établit son camp et se présente en colonne devant l'ennemi dont il a devancé l'attente.

Il n'en est pas ainsi chez les peuples de Scythie, près de l'onde Méotide [5], où le trouble Ister [6] roule des sables jaunâtres, et où le Rhodope [7] revient sur lui-même après s'être étendu jusqu'au milieu du pôle [8]. Là, on tient les troupeaux enfermés dans les étables ; on n'aperçoit ni herbes dans la plaine ni feuilles sur les arbres ; mais la terre

1. Les anciens faisaient de la Rosée la fille de Jupiter et de la Lune, et croyaient qu'elle descendait de la lune. **2.** Cf. *Géorg.*, I, p. 61, et la note 3. **3.** Ou Amyclées. Ces chiens d'Amyclée, longs et minces, avec une tête pointue, étaient excellents pour la chasse. **4.** Les Crétois étaient célèbres comme archers. **5.** L'onde du Palus Méotide (auj. mer d'Azov). **6.** Le Danube. **7.** Cf. *Buc.*, VI, 30. **8.** C'est-à-dire vers le nord.

s'étend dans le lointain, rendue informe par des monceaux de neige et par une couche de glace s'élevant à sept coudées. Toujours l'hiver, toujours, soufflant le froid, les Caurus [1] ! De plus, jamais le soleil ne dissipe les ombres pâlissantes, ni quand ses chevaux l'entraînent jusqu'au sommet de l'éther, ni quand il lave son char en le précipitant dans les flots rougis de l'Océan. Des croûtes de glace subites se forment sur le cours des fleuves, et bientôt l'onde supporte des roues cerclées de fer ; hier elle accueillait des poupes, elle accueille maintenant de larges chariots. Partout l'airain se fend, et les vêtements se roidissent sur le corps, on coupe avec des haches le vin jadis liquide ; des lacs entiers se sont changés en un bloc de glace, et l'haleine congelée se durcit et se fixe aux barbes hérissées. Cependant il neige sans arrêt par tout le ciel ; les bêtes meurent ; les bœufs, malgré leur grande taille, s'arrêtent, enveloppés de givre ; et les cerfs, se serrant en troupe, restent engourdis sous la masse de neige qui les surprend et d'où émergent à peine les pointes de leurs cornes. Ce n'est point avec une meute de chiens ni avec des filets qu'on les chasse, ni en les effrayant avec des épouvantails de plumes pourpres, mais tandis qu'ils s'efforcent vainement de pousser avec leur poitrail la montagne de neige qui les arrête, on s'approche, on les tue avec le fer,

1. Vent du sud-ouest ; cf. note 6, p. 126.

on les abat malgré leurs bramements profonds, et on les emporte en poussant une clameur de joie. Ces barbares mènent une vie tranquille et oisive dans des cavernes creusées profondément sous terre, entassant des rouvres et des ormes entiers pour les rouler sur leurs foyers et les livrer aux flammes. Là ils passent la nuit à jouer, et s'enivrent, joyeux, d'une liqueur fermentée d'orge[1] et de sorbes acides qui imite le jus de la vigne. Ainsi vit, sous la constellation des sept Bœufs hyperboréens[2], une race d'hommes effrénée, toujours battue de l'Eurus du Riphée[3], le corps couvert de peaux fauves de bêtes.

Si tu fais de la laine l'objet de tes soins, commence par éviter la silve épineuse : bardanes et tribules[4] ; fuis les gras pâturages, et choisis toujours de blancs troupeaux aux molles toisons. Quant au bélier lui-même, fût-il éclatant de blancheur, s'il cache une langue noire sous son palais humide, rejette-le, de crainte qu'il n'entache de cette sombre couleur la robe des nouveau-nés, et cherches-en un autre autour de toi dans la plaine qui en est remplie. C'est grâce à la blancheur neigeuse de sa toison, s'il faut en croire la légende[5] que Pan, dieu d'Arcadie[6], te surprit, ô Lune, et

---

1. La cervoise. **2.** La constellation de la Grande Ourse avec ses sept étoiles (*septem Triones*, le septentrion). **3.** Cf. *Géorg.*, III, p. 122, et la note 1. **4.** Dont les fruits s'attachent à la laine des brebis, la tirent et l'arrachent. **5.** La légende dont parle Virgile était rapportée par Nicandre ; cf. Macrobe, V, 22, 10. **6.** Cf. *Buc.*, II.

t'abusa [1] en t'appelant au fond des bois ; et tu ne dédaignas point son appel.

Préfère-t-on le laitage ? Qu'on cueille de sa propre main cytise, mélilot et herbes salées en abondance, et qu'on les porte dans les crèches. Ils n'en aiment que plus les eaux courantes, et en ont des mamelles plus gonflées, et en gardent dans leur lait un goût secret de sel. Beaucoup interdisent aux chevreaux, dès qu'ils sont sevrés, l'approche de leurs mères et garnissent l'extrémité de leurs museaux de muselières ferrées. Le lait qu'on a tiré au lever du jour ou aux heures de la journée se met en présure la nuit ; celui qu'on a trait quand commencent les ténèbres et que le soleil se couche, le berger au point du jour va le porter dans les villes en des vases d'airain, ou bien on le saupoudre d'un peu de sel et on le garde pour l'hiver.

Les chiens ne seront pas le dernier objet de tes soins : nourris à la fois d'un gras petit lait les rapides lévriers de Sparte [2] et le vigoureux Molosse [3]. Jamais, avec de tels gardiens, tu n'auras à redouter pour tes étables ni le voleur de nuit et les incursions des loups, ni l'attaque par-derrière des Hibères indomptés [4]. Souvent aussi tu forceras

---

1. Pan, pour séduire la Lune, prit la forme d'un bélier d'une blancheur éblouissante, et l'entraîna au fond des forêts. **2.** Cf. note 9, p. 113. **3.** Le dogue du pays des Molosses, peuple de l'Épire occidentale. **4.** Les Hibères (Espagnols) – l'Espagne était alors à peine soumise – passaient pour voleurs et pillards : Virgile les prend ici comme exemple de voleurs de bestiaux.

à la course les timides onagres [1], et tu chasseras avec tes chiens le lièvre comme les daims. Souvent avec ta meute aboyante tu débusqueras et relanceras les sangliers de leurs bauges sauvages, et poursuivant à grands cris le cerf à travers les hauts monts, tu le rabattras sur tes rets.

Apprends aussi à brûler dans tes étables le cèdre odorant et à en chasser par l'odeur du galbanum [2] les dangereux reptiles. Souvent, sous les crèches qui n'ont pas été remuées, se dissimule la vipère, mauvaise à qui la touche, et qui cherche un refuge contre le jour qu'elle redoute ; ou bien la couleuvre, accoutumée à chercher l'abri et l'ombre, fléau terrible des bœufs, se cache dans le sol pour répandre son venin sur le bétail. Prends dans ta main des pierres, prends des bâtons, berger ; et, tandis qu'elle dresse ses menaces et enfle son cou qui siffle, abats-la ; déjà elle a fui et enfoui sa tête craintive profondément, mais les anneaux du milieu de son corps et du bout de sa queue sont brisés, et une dernière ondulation traîne ses lents replis. Il est aussi dans les fourrés de la Calabre [3] un mauvais serpent, [4] qui, soulevant sa poitrine, déroule son dos écailleux et son long ventre

1. L'onagre ou âne sauvage abondait en Phrygie, en Lycaonie (cf. Varron, II, 6) et en Afrique, mais ne se trouvait pas en Italie. **2.** Résine, tirée d'une plante ombellifère de Syrie, dont l'odeur, quand on la brûlait, mettait en fuite les reptiles ; cf. Pline, XII, 56. **3.** Contrée du sud de l'Italie. **4.** Le chersydre, qui, comme l'indique son nom, est amphibie et vit sur la terre et dans l'eau (grec *chersos*, terre ; *udôr*, eau).

marqué de larges taches. Tant que les cours d'eau jaillissent de leurs sources, tant que les terres sont détrempées par l'humidité printanière et les autans pluvieux, il hante les étangs, et, fixé sur leurs rives, il assouvit sa voracité sans bornes sur les poissons et les bavardes grenouilles. Mais quand le marais est à sec, et que les terres se fendillent par l'effet de la chaleur, il s'élance sur la terre sèche, et, roulant des yeux enflammés, il sévit dans les champs, exaspéré par la soif et rendu furieux par la chaleur. Me préservent les dieux de goûter le doux sommeil en plein air, ou de m'étendre sur le talus d'un bois parmi les herbes, alors qu'ayant fait peau neuve et brillant de jeunesse, il se roule à terre, ou que laissant dans sa demeure ses petits ou ses œufs, il se dresse au soleil, et fait dans sa gueule vibrer un triple dard [1].

Je t'apprendrai aussi les causes et les symptômes des maladies. La hideuse gale s'attaque aux brebis, lorsqu'une pluie froide de l'âpre hiver aux blancs frimas les a profondément pénétrées jusqu'au vif ; ou quand la sueur mal lavée reste collée à leurs corps tondus et que les ronces épineuses ont écorché leur peau. Aussi les bergers plongent-ils tout le troupeau dans de douces eaux courantes, et le bélier avec sa toison humide est immergé dans un gouffre et s'abandonne au courant du fleuve ; ou bien, après la

1. La langue des serpents n'est point trisulce, comme le croit Virgile, et Pline avec lui (cf. XI, 65), mais bisulce.

tonte, on leur frotte le corps de marc d'huile amer, mêlé d'écume d'argent [1], de soufre vif [2], de poix de l'Ida [3], de cire grasse et visqueuse, d'oignon marin, d'ellébore fétide et de noir bitume. Mais il n'est pas de remède plus efficace contre les complications que d'ouvrir avec le fer l'orifice de l'ulcère : à demeurer caché le mal se développe et vit, tant que le berger se refuse à livrer la plaie aux mains du médecin et, sans agir, se borne à demander aux dieux des présages meilleurs. De plus, quand la douleur, se glissant chez les brebis jusqu'à l'intérieur des os, y exerce sa fureur, et qu'une fièvre brûlante consume leurs membres, il est bon de détourner ce feu dévorant en piquant sous le pied de l'animal une veine d'où le sang jaillisse : c'est ainsi qu'ont coutume d'en user les Bisaltes [4], et l'impétueux Gélon [5], quand, fuyant sur le Rhodope [6] et dans les déserts des Gètes [7], il boit du lait caillé avec du sang de cheval.

Quand tu verras de loin une brebis se retirer trop souvent sous un doux ombrage, ou brouter sans appétit la pointe des herbes, et marcher la dernière, ou tomber en paissant au milieu de la plaine, et revenir seule et attardée dans la nuit,

---

1. De cette écume d'argent épurée au feu, qu'on nomme lithargyre ou litharge, et que Pline préconise comme remède à la goutte. **2.** Nommé encore soufre vierge. **3.** Poix renommée ; cf. note 1, p. 78. **4.** Peuple de la Macédoine du Nord, qui habitait la rive droite du Strymon. **5.** Les Gélons, peuple grec du pays des Sarmates, qui habitait vers le Borysthène. **6.** Cf. note 2, p. 58. **7.** Les Gètes, peuple scythe, habitaient entre le Borysthène et le Pont-Euxin, la région qui est maintenant la Bessarabie.

hâte-toi : réprime le mal avec le fer, avant que l'affreuse contagion ne se glisse parmi le troupeau sans défense. L'ouragan qui déchaîne l'orage s'abat moins fréquemment sur la mer que les épidémies sur les bêtes, et les maladies n'attaquent pas quelques individus isolés, mais enlèvent tout à coup des parcs d'été tout entiers, l'espoir du troupeau et le troupeau en même temps, et toute la race depuis son origine.

Il suffit, pour en juger, de visiter les Alpes aériennes, les chalets du Norique [1] sur leurs éminences, et les champs de l'Iapydie [2] que le Timave [3] arrose : on verra qu'aujourd'hui encore, après tant d'années, les royaumes des pâtres y sont déserts et les fourrés vides dans toutes les directions.

Là, jadis, une maladie de l'air donna naissance à une température déplorable, qui s'embrasa de tous les feux de l'automne [4], livra à la mort toutes les bêtes des troupeaux et toutes les bêtes sauvages, corrompit les lacs et infecta de poison les pâturages. Il y avait plus d'un chemin conduisant à la

1. Le Norique, province de l'Empire romain, voisine de la Pannonie. **2.** L'Iapydie, au nord-est de l'Adriatique (auj. une partie de l'Istrie). **3.** Le Timave (auj. Timavo) prend sa source dans la région rocheuse (*saxa*) de Goritz, s'élargit considérablement (d'où l'épithète *magni* ; cf. *Én.*, I, 144) et, séparant l'Istrie de la Vénétie, se jette dans l'Adriatique, au nord du golfe de Trieste. **4.** L'automne romain, qui commençait vers le 10 août (cf. Pline, XVIII, 68, et Columelle, II, 2), passait pour une saison dangereuse, et même, au témoignage autorisé de Celse, *De medicina*, II, 1, pour celle qui était, de beaucoup, la plus périlleuse.

mort ; mais quand une soif de feu, répandue dans toutes les veines, avait réduit les membres pitoyables, à son tour ruisselait un pur liquide qui dissolvait tous les os, peu à peu rongés par le mal. Souvent, au milieu d'un sacrifice aux dieux, debout au pied de l'autel, la victime, au moment où avec un ruban neigeux on lui ceignait la tête de la bandelette de laine, s'affaissa pour mourir entre les mains des ministres hésitants ; ou, si le prêtre avait eu le temps de l'immoler avec le fer, ses entrailles ne brûlent pas sur l'autel où elles sont placées et le devin consulté ne peut rendre de réponse ; c'est à peine si les couteaux placés sous sa gorge se teignent de sang et si un peu de sanie fonce la surface du sable. Ici, au milieu des riants herbages les veaux meurent en masse et rendent leurs âmes douces près de leurs crèches pleines. Ailleurs la rage s'empare des chiens caressants, et des quintes de toux secouent les porcs malades et suffoquent leurs gorges gonflées [1]. Il succombe, malheureux, oubliant la gloire et la prairie, le cheval vainqueur ; il se détourne des fontaines, et, du pied, frappe sans cesse la terre ; ses oreilles baissées distillent une sueur incertaine, qui devient froide quand la mort approche ; sa peau est sèche, et, rugueuse, résiste à la main qui la touche. Tels sont, les premiers jours, les signes précurseurs de la mort. Mais si, en progressant, la

1. L'esquinancie ou angine des porcs.

recrudescence du mal se fait sentir, alors vraiment les yeux sont enflammés, la respiration tirée du fond de la poitrine, appesantie parfois d'un gémissement ; un long hoquet tend le bas des flancs ; un sang noir coule des naseaux ; la langue sèche presque sur la gorge qu'elle assiège. On eut de bons résultats d'abord en introduisant dans leur bouche avec une corne la liqueur lénéenne[1] (c'était en apparence le seul moyen de sauver les mourants) ; mais bientôt ce remède même provoqua leur mort : ranimés, ils brûlaient de toutes les fureurs, et dans les angoisses de la mort (dieux, inspirez de meilleures pensées à ceux qui sont pieux et réservez cet égarement à vos ennemis !) ils déchiraient eux-mêmes à belles dents leurs membres en lambeaux.

Mais voici que, fumant sous la dure charrue, le taureau s'affaisse et vomit à plein gosier un sang mêlé d'écume, et pousse de suprêmes gémissements. Le laboureur s'en va, tout triste, dételer l'autre bœuf affligé de la mort de son frère et laisse sa charrue enfoncée au milieu du sillon. Ni les ombres des profonds bocages, ni les molles prairies ne peuvent toucher leur cœur, non plus que le cours d'eau, qui roulant sur les pierres, plus pur que l'électron, se dirige vers la plaine ; mais leurs flancs se détendent, leurs yeux inertes sont frappés de stupeur, et, sous le poids qui l'entraîne, leur

1. Le vin.

cou flotte vers la terre. Que leur servent leur labeur et leurs bienfaits ? que leur sert d'avoir retourné avec le soc de lourdes terres ? Pourtant ce ne sont ni les présents Massiques de Bacchus [1], ni les festins répétés qui leur ont fait mal ! ils ont pour seule nourriture les frondaisons et l'herbe simple ; pour boisson, des fontaines limpides et des fleuves exercés à la course, et nul souci ne rompt leurs sommeils salutaires !

Ce fut à cette époque, dit-on, que l'on chercha vainement dans ces contrées des génisses pour les fêtes de Junon [2], et que les chars furent conduits à ses hauts sanctuaires par des buffles mal appareillés. Alors donc les habitants du pays fendent à grande peine la terre avec les herses, enfouissent les semences avec leurs ongles mêmes, et gravissent les montagnes en traînant, le cou tendu, de gémissants chariots. Le loup ne dresse plus d'embuscades autour des bergeries et ne rôde plus la nuit près des troupeaux : un souci plus cruel le dompte ; les daims timides et les cerfs fuyards errent maintenant, confondus avec les chiens, autour des habitations. La faune de la mer immense et toute la race des êtres qui nagent sont rejetées par le flot sur le bord des rives, comme

1. Cf. note 1, p. 82. **2.** Allusion probable à la légende de Biton et de Cléobis, fils de Cydippe, prêtresse de Junon à Argos, qui, les génisses manquant, s'attelèrent au char de leur mère… Le culte de la Junon argienne avait été introduit, avec tous les rites, dans l'Iapydie (cf. Strabon, V, 1, 9).

des corps naufragés ; les phoques fuient dépaysés dans les fleuves. La vipère elle-même périt, mal défendue par ses cachettes tortueuses, et les hydres stupéfaites qui dressent leurs écailles. L'air est funeste aux oiseaux eux-mêmes, et ils tombent, laissant la vie au haut des nues.

En outre, peu importe qu'on change de pâturages ; les remèdes cherchés sont nuisibles ; les maîtres de l'art, Chiron, fils de Philyre [1], et Mélampus, fils d'Amythaon [2], cèdent à la force du mal. La pâle Tisiphone [3], échappée des ténèbres du Styx, sévit en plein jour et pousse devant elle les Maladies et la Peur [4], levant chaque jour plus haut la tête avide qu'elle dresse. Le bêlement des troupeaux et les mugissements répétés font retentir les fleuves et leurs rives desséchées et le penchant des collines. Déjà la Furie abat les animaux par bandes, et entasse, dans les étables mêmes, les cadavres décomposés par une affreuse pourriture, jusqu'au moment où l'on apprend à les couvrir de terre et à les enfouir dans des trous ; car leurs

1. Sur Philyre, cf. note 6, p. 116. – Le centaure Chiron, qui habitait près du Pélion, était à la fois médecin, astrologue et musicien. Il eut parmi ses élèves Esculape, Machaon, Achille, Thésée. Frappé accidentellement par Hercule d'une flèche empoisonnée, il guérit sa blessure avec l'herbe qui a pris le nom de chironion, ou centaurée. **2.** Médecin fameux. C'est lui qui guérit avec de l'hellébore les Prétides, filles du roi d'Argos, que Junon avait rendues folles ; ayant épousé l'aînée, il monta sur le trône d'Argos. **3.** L'une des trois Furies ou Euménides ; cf. note 1, p. 55. **4.** Personnifiées ici comme dans l'*Énéide*, VI, 275-276.

peaux n'étaient d'aucun usage, et leurs viscères ne peuvent être ni purifiés par les ondes ni vaincus par la flamme ; il n'est même pas possible de tondre leurs toisons rongées par la maladie et la saleté, ni de toucher des tissus qui tombent en poussière ; plus encore : quiconque essayait de revêtir ces funestes dépouilles voyait aussitôt des pustules ardentes et une sueur immonde couvrir ses membres infects, et ne tardait plus longtemps à périr dévoré par les atteintes du feu maudit.

LIVRE QUATRIÈME

Les abeilles

Invocation à Mécène (p. 146). – Construction des ruches (p. 146). – Départ des essaims (p. 148). – Choix du « roi » (p. 150). – Digression sur les jardins : le vieillard de Tarente (p. 151). – Mœurs, travaux, instinct des abeilles (p. 153). – Récolte du miel (p. 158). – Maladies (p. 159). – Épisode d'Aristée (p. 161). – Épilogue (p. 177).

Sources : Aristote, *Histoire des animaux*. – Varron. – Et, sans doute, premiers ouvrages perdus, tels que les *Mélissourgiques* de Nicandre.

Poursuivant mon œuvre, je vais chanter le miel aérien, présent céleste [1] : tourne encore tes regards, Mécène, de ce côté. Je t'offrirai en de petits objets un spectacle admirable : je te dirai les chefs magnanimes, et tour à tour les mœurs de la nation entière, ses passions, ses peuples, ses combats. Mince est le sujet, mais non mince la gloire, si des divinités jalouses laissent le poète chanter et si Apollon exauce ses vœux.

D'abord il faut chercher pour les abeilles un séjour et une habitation où les vents n'aient aucun accès (car les vents les empêchent de porter leur butin chez elles), où ni les brebis ni les chevreaux pétulants ne bondissent sur les fleurs, où la génisse, errant dans la plaine, ne vienne point secouer la rosée et fouler les herbes naissantes. Loin aussi de leurs ruches onctueuses, les lézards

1. Le miel était, pour les anciens, une rosée qui tombait du ciel sur les plantes (cf. Pline, XI, 12).

bigarrés au dos écailleux[1], les guêpiers et autres oiseaux, Procné surtout qui porte sur sa poitrine l'empreinte de ses mains sanglantes[2]. Car ces oiseaux ravagent tout aux environs et happent au vol les abeilles elles-mêmes, douce pâture pour leurs nids barbares. Mais qu'il y ait là de limpides fontaines, des étangs verts de mousse, et un petit ruisseau fuyant parmi le gazon ; qu'un palmier ou un grand olivier sauvage donne de l'ombre à leur vestibule[3]. Ainsi, lorsque, au printemps, leur saison favorite, les nouveaux rois[4] guideront pour la première fois les essaims, et que cette jeunesse s'ébattra hors des rayons, la rive voisine les invitera à s'abriter contre la chaleur, et l'arbre rencontré les retiendra sous son feuillage hospitalier. Au milieu de l'eau, soit qu'immobile elle dorme, soit qu'elle coule, jette en travers des troncs de saules et de grosses pierres, comme autant de ponts où elles puissent se poser et déployer leurs ailes au soleil d'été, si d'aventure, travailleuses attardées, elles ont été mouillées ou précipitées dans

---

1. Columelle, XI, 7, nous dépeint le lézard assiégeant la porte des ruches et frappant les abeilles qui en sortent. **2.** Les taches rougeâtres qui marquent la poitrine de Procné (l'hirondelle) proviennent, suivant la fable, du sang d'Itys qu'elle avait servi à son père Térée dans un festin (voir note 2, p. 174). Ovide, qui conte la fable au livre VI des *Métamorphoses*, écrit que « les traces du crime ne s'étaient pas effacées de la poitrine de Procné et que sa plume était souillée de sang ». **3.** L'espace laissé libre devant les ruches. **4.** Virgile et les Romains de cette époque prenaient les *reines* pour des rois.

Neptune [1] par l'Eurus [2]. Qu'alentour fleurissent le vert daphné, le serpolet au parfum pénétrant, et force sarriettes à l'odeur tenace, et que des touffes de violettes s'abreuvent à la fontaine qui les arrose.

Les ruches elles-mêmes, ou formées d'écorces creuses, ou tissées d'osier souple, doivent avoir d'étroites ouvertures : car, sous l'influence du froid, l'hiver condense le miel, et la chaleur le liquéfie et le fond. Les deux inconvénients sont pareillement à redouter pour les abeilles ; et ce n'est pas sans raison qu'on les voit dans leurs demeures boucher à l'envi avec de la cire les fentes les plus menues, en enduire les bords du suc pétri des fleurs, et recueillir et conserver pour cet usage une gomme plus onctueuse que la glu [3] et que la poix de l'Ida de Phrygie [4]. Souvent même, s'il faut en croire la renommée, elles se creusent des retraites souterraines pour tenir au chaud leur lare, et on en a trouvé logées dans les trous des pierres ponces et dans le creux d'un arbre miné. Ne laisse pas néanmoins d'enduire d'une couche de limon lisse les fentes de leurs demeures, pour que la chaleur règne de toutes parts, et jette par-dessus quelques feuillages. Ne souffre point d'if dans leur voisinage [5] ; n'y fais pas, sur le feu, rougir des

1. L'eau du ruisseau, vraie mer pour les petites abeilles. **2.** Vent du sud-est. **3.** Cette gomme, récoltée principalement sur les bourgeons du peuplier et du bouleau, s'appelle la *propolis*. **4.** Cf. notes 1, p. 78, et 3, p. 136. **5.** Les ifs communiquent leur amertume au miel des abeilles.

écrevisses[1] ; méfie-toi d'un marais profond, des émanations fétides d'un bourbier et des roches sonores où l'écho répercute le son qui les frappe.

D'ailleurs, quand le soleil d'or a mis l'hiver en fuite et l'a relégué sous la terre, quand le ciel s'est rouvert à l'été lumineux, aussitôt les abeilles parcourent les fourrés et les bois, butinent les fleurs vermeilles, et effleurent, légères, la surface des cours d'eau. Transportées alors de je ne sais quelle douceur de vivre, elles choient leurs couvées et leurs nids ; elles façonnent alors avec art la cire nouvelle et composent un miel consistant.

Plus tard, quand tu verras en levant les yeux l'essaim sorti de la ruche nager dans le limpide azur vers les astres du ciel, et que tu l'apercevras étonné qui flotte au gré du vent comme une nuée sombre, suis-le des yeux : toujours il va chercher des eaux douces et des toits de feuillages. Répands, dans ces lieux, les senteurs que je préconise : la mélisse broyée et l'herbe commune de la cérinthe[2] ; fais-y retentir l'airain et agite à l'entour les cymbales de la Mère[3]. D'elles-mêmes, les abeilles se poseront aux emplacements ainsi préparés ; d'elles-mêmes, elles s'enfermeront, suivant leur habitude, dans leur nouveau berceau.

---

1. L'odeur des écrevisses brûlées (dont on se servait pour composer des remèdes) passait pour être funeste aux abeilles (cf. Pline, *Histoire naturelle*, XI, 18). **2.** Vulgairement le mélinet, plante très répandue en Lombardie. **3.** Cybèle, la mère des dieux, la Terre mère, dont le culte fut introduit à Rome pendant la deuxième

Mais si elles sortent pour livrer bataille (car souvent la discorde s'élève entre deux rois et provoque un grand trouble) on peut tout de suite prévoir de loin les sentiments de la foule et l'ardeur belliqueuse qui agite les cœurs : l'éclat martial de l'airain gourmande les attardées, et une voix se fait entendre, imitant les accents saccadés des trompettes ; puis elles se rassemblent, tumultueuses, font palpiter leurs ailes, aiguisent leurs dards avec leurs trompes, assouplissent leurs membres [1], et serrées autour de leur roi et juste devant le prétoire [2], elles se mêlent et provoquent l'ennemi à grands cris. Aussitôt donc qu'elles ont trouvé un beau jour de printemps et les plaines de l'air libre de nuages, elles s'élancent hors des portes, et c'est le corps à corps ; au haut des airs retentit leur fracas ; confondues, elles s'assemblent en un rond immense et tombent précipitées ; la grêle n'est pas plus serrée dans l'air, et les glands qui pleuvent de l'yeuse qu'on secoue ne sont pas plus nombreux. Les rois, eux, au milieu des rangs, reconnaissables à leurs ailes [3], déploient un grand courage dans une étroite poitrine, s'acharnant à ne pas céder jusqu'au moment où le terrible vainqueur a forcé l'un ou l'autre parti à plier et à tourner le dos. Mais ces ardents courages, ces terribles combats, un peu de poussière jetée en l'air les calme et

guerre punique et qu'on fêtait, au son des cymbales, dans les *Mégalésies*. **1.** Comme des athlètes. **2.** La cellule du roi (de la reine), qui commande en chef. **3.** Qui sont d'une plus belle couleur.

les apaise. Quand tu auras fait quitter le champ de bataille aux deux chefs, livre à la mort celui qui t'a paru le plus faible, afin qu'il ne soit pas un fardeau inutile : laisse le meilleur régner seul dans sa cour. Celui-ci aura le corps parsemé de mouchetures d'or, car il y a deux espèces : l'un, le meilleur, se distingue par sa figure et par l'éclat de ses écailles rutilantes ; l'autre est hideux de lourdeur et traîne sans gloire un large ventre. Ainsi que les rois, les sujets ont un double aspect : les uns sont laids à faire peur, pareils au voyageur qui, venant de marcher dans une couche de poussière, a le gosier desséché, et qui crache une épaisse salive ; les autres luisent et brillent d'un éclat vif, et leurs corps sont couverts de mouchetures régulières, aussi brillantes que l'or. Telle est la race qu'il te faut préférer ; avec elle tu pourras presser à date fixe [1] un miel doux, et moins doux encore que limpide, et propre à corriger la saveur trop dure de Bacchus [2].

Mais quand les essaims volent sans but, jouent dans le ciel, dédaignent leurs rayons et délaissent leurs ruches froides, tu interdiras à leurs esprits inconstants ce jeu si vain. Tu n'auras point grand-peine à l'interdire : enlève leurs ailes aux rois ; les

---

1. Au printemps et à l'automne, quand se lèvent et se couchent les Pléiades. **2.** Les Latins corrigeaient le vin trop âpre avec du miel. Ils appelaient *mulsum* ce mélange, où le miel entrait pour 1/5 environ. Cf. Columelle, XV, 41, et Horace, *Satires*, II, 4, 24 : *Aufidius forti miscebat mella Falerno*, « Aufidius mélangeait du miel au Falerne puissant ».

rois restant tranquilles, personne n'osera prendre son essor ni arracher du camp les enseignes [1]. Que des jardins embaumés de fleurs safranées les invitent à s'arrêter, et qu'armé de sa faux de bois de saule, Priape [2] Hellespontiaque [3] les garde et les protège des voleurs et des oiseaux. Qu'il rapporte lui-même des hautes montagnes le thym et les lauriers-tins, pour les planter sur une large étendue autour des ruches, celui qui prend à cœur de tels soins ; que lui-même use sa main à ce dur labeur ; qu'il fixe lui-même les plants fertiles dans le sol, et les arrose d'ondées amicales.

Pour moi, si, bientôt à la fin de mes peines, je ne pliais mes voiles, et n'avais hâte de tourner ma proue vers la terre, peut-être chanterais-je l'art d'embellir et d'orner les fertiles jardins, et les roseraies de Pestum [4] qui fleurissent deux fois l'an. Je montrerais comment les endives aiment à boire l'eau des ruisseaux, comment l'ache se plaît sur les vertes rives, comment le tortueux concombre voit grossir son ventre parmi l'herbe ; et je n'omettrais ni le narcisse lent à former sa chevelure [5],

---

1. C'est-à-dire donner le signal du départ. **2.** Fils de Bacchus et de Vénus, dieu des jardins, qui était représenté d'ordinaire sous la forme d'un hermès sans bras, coloré de vermillon, et armé d'une faux de bois qu'on lui attachait à droite. **3.** Priape était l'objet d'un culte particulier à Lampsaque, ville de Mysie, à l'entrée de l'Hellespont (auj. Lepsek). **4.** Ville de Lucanie, sur le golfe du même nom (auj. Pesto), célèbre autrefois pour ses roses. **5.** Le narcisse fleurit tardivement, en novembre et même en décembre.

ni la tige de l'acanthe flexible [1], ni les lierres pâles [2], ni les myrtes, amants des rivages [3].

Je me souviens ainsi d'avoir vu au pied des hautes tours de la ville d'Œbalus [4], aux lieux où le noir Galèse [5] arrose de blondissantes cultures, un vieillard de Coryce [6], qui possédait quelques arpents d'un terrain abandonné [7] et dont le sol n'était ni docile aux bœufs de labour, ni favorable au bétail, ni propice à Bacchus [8]. Là pourtant, au milieu de broussailles, il avait planté des légumes espacés, que bordaient des lis blancs, des verveines et le comestible pavot ; avec ces richesses, il s'égalait, dans son âme, aux rois ; et quand, tard dans la nuit, il rentrait au logis, il chargeait sa table de mets qu'il n'avait point achetés. Il était le premier à cueillir la rose au printemps et les fruits en automne ; et, quand le triste hiver fendait encore les pierres de gel, et enchaînait de sa glace les cours d'eau, lui commençait déjà à tondre la chevelure de la souple hyacinthe, raillant l'été trop

---

1. Son poids incline l'acanthe vers la terre. **2.** On distinguait le lierre noir aux baies foncées et le lierre blanc aux fruits jaunâtres. Cf. *Buc.*, III, 39 ; VII, 38. **3.** Cf. *Géorg.*, II, p. 79-80 : *Litora myrtetis lætissima*, « les forêts de myrtes abondent sur les côtes ». **4.** Tarente, qui eut pour fondateurs les Lacédémoniens, originaires de la ville où régna Œbalus, père de Tyndare. **5.** Fleuve de Calabre, qui se jette près de Tarente (auj. Galaso). **6.** Ville de Cilicie (auj. Korghos), en face de l'île de Chypre. Des pirates de Coryce, vaincus par Pompée, avaient été transportés en Calabre. Coryce était d'autre part fameuse pour ses jardins. **7.** Dont personne n'avait voulu. **8.** À la vigne.

lent et les zéphyrs en retard. Aussi était-il le premier à voir abonder ses abeilles fécondes et ses essaims nombreux, à presser ses rayons pleins d'un miel écumant ; les tilleuls et lauriers-tins étaient pour lui extrêmement féconds ; et autant l'arbre fertile, sous sa nouvelle parure de fleurs, s'était couvert de fruits, autant il cueillait de fruits mûrs à l'automne. Il transplanta aussi et disposa par rangées des ormes déjà grands, et le poirier déjà très dur, et d'épineux pruniers portant déjà des prunes, et le platane prêtant déjà ses ombres aux buveurs. Mais je passe sur ces développements, gêné par une carrière trop étroite, et laisse à d'autres sur ce point le soin de traiter le sujet [1].

Maintenant allons ! Je vais exposer les instincts merveilleux dont Jupiter lui-même a doté les abeilles, en récompense d'avoir, attirées par les bruyants accords et les retentissantes cymbales des Curètes [2], nourri le roi du ciel dans l'antre de Dicté [3].

Seules, elles élèvent leur progéniture en commun, possèdent des demeures indivises dans

---

1. C'est ce qu'a fait Columelle en intercalant un dixième livre en vers, sur les jardins, dans son *De re rustica*. **2.** Les Curètes étaient, dans l'île de Crète, les prêtres consacrés à Jupiter. Saturne devant, en vertu du pacte conclu avec les Titans, dévorer ses enfants au fur et à mesure que Rhéa les mettait au monde, celle-ci sauva Jupiter en présentant à sa place, à Saturne, une pierre emmaillotée. Le nouveau-né fut confié aux Curètes, qui agitaient leurs sonores cymbales pour empêcher Saturne d'entendre ses vagissements. **3.** Cf. note 1, p. 105.

leur cité, et passent leur vie sous de puissantes lois ; seules, elles connaissent une patrie et des pénates fixes ; et, prévoyant la venue de l'hiver, elles s'adonnent l'été au travail et mettent en commun les trésors amassés. Les unes, en effet, veillent à la subsistance, et, fidèles au pacte conclu, se démènent dans les champs ; les autres, restées dans les enceintes de leurs demeures, emploient la larme du narcisse [1] et la gomme gluante de l'écorce [2] pour jeter les premières assises des rayons, puis elles y suspendent leurs cires compactes [3] ; d'autres font sortir les adultes, espoir de la nation [4] ; d'autres épaississent le miel le plus pur et gonflent les alvéoles d'un limpide nectar [5]. Il en est à qui le sort a dévolu de monter la garde aux portes de la ruche ; et, tour à tour, elles observent les eaux et les nuées du ciel, ou bien reçoivent les fardeaux des arrivantes, ou bien encore, se formant en colonne, repoussent loin de leurs brèches la paresseuse troupe des frelons [6]. C'est un effervescent travail, et le miel embaumé exhale l'odeur du thym. Ainsi, quand les Cyclopes

1. La petite goutte de liqueur que contient le calice du narcisse. **2.** La gomme dont il a été question p. 147 ; cf. note 3, p. 147. **3.** Les abeilles font passer dans leur estomac les cires qu'elles ont butinées et les agglutinent. **4.** Virgile a transcrit ce passage aux vers 431 *sq.* du chant I de l'*Énéide*. **5.** D'un miel aussi doux que le divin nectar. **6.** Les frelons ou abeilles mâles sont chassés de la ruche dès que les petits sont éclos ; ils sont même parfois exterminés.

se hâtent de forger les foudres avec des blocs malléables, les uns, armés de soufflets en peau de taureaux, reçoivent et restituent les souffles de l'air ; les autres plongent dans un bassin l'airain qui siffle ; l'Etna gémit sous le poids des enclumes ; eux lèvent de toutes leurs forces et laissent retomber leurs bras en cadence, et, avec la tenaille mordante, tournent et retournent le fer [1] ; de même, s'il est permis de comparer les petites choses aux grandes, les abeilles de Cécrops [2] sont tourmentées d'un désir inné d'amasser, chacune dans son emploi. Les plus vieilles sont chargées du soin de la place, de construire les rayons, de façonner les logis dignes de Dédale [3] ; les plus jeunes rentrent fatiguées, à la nuit close, les pattes pleines de thym ; elles butinent, de-çà de-là, sur les arbousiers et les saules glauques et le daphné et le safran rougeâtre et le tilleul onctueux [4] et les sombres hyacinthes. Souvent aussi, dans leurs courses errantes, elles se brisent les ailes contre des pierres dures, et vont jusqu'à rendre l'âme sous leur fardeau, tant elles aiment les fleurs et sont glorieuses de produire leur miel. Toutes se reposent de leurs travaux en même temps, toutes reprennent leur

---

1. Virgile a transcrit les cinq vers précédents dans l'*Énéide*, VIII, 449-453. **2.** Les abeilles célèbres de l'Hymette (auj. le Mavro Vouni), mont voisin d'Athènes, dont Cécrops fut le premier roi. **3.** C'est-à-dire aussi ingénieusement faits que le Labyrinthe construit par Dédale, l'habile architecte athénien, petit-fils d'Érechthée. **4.** Après les grandes chaleurs, une sorte de mannite recouvre les feuilles du tilleul et les rend onctueuses.

travail en même temps [1]. Le matin, elles se ruent hors des portes ; aucune ne reste en arrière ; puis quand le soir les invite à quitter enfin les plaines où elles butinent, alors elles regagnent leurs logis, alors elles réparent leurs forces. Un bruit se fait entendre ; elles bourdonnent autour des bords et du seuil ; puis, quand elles ont pris place dans leurs chambres, le silence se fait pour toute la nuit [2], et un sommeil bien gagné s'empare de leurs membres las. Elles ne s'éloignent pas trop de leurs demeures quand la pluie menace, ni ne se hasardent dans le ciel à l'approche des Eurus [3] ; mais à l'abri des remparts de leur ville, elles vont faire de l'eau aux alentours et tentent de brèves excursions ; souvent elles emportent de petits cailloux [4], qui leur permettent de se maintenir en équilibre dans le vide des nuées, comme ces barques instables que le lest maintient sur le flot qui les secoue.

Ce qui te paraîtra surtout admirable dans les mœurs des abeilles, c'est qu'elles ne se laissent pas aller à l'accouplement, qu'elles n'énervent pas languissamment leur corps au service de Vénus, et qu'elles ne mettent pas leurs petits au monde avec

---

1. Il est inexact que les abeilles travaillent toutes en même temps, mais les anciens, Pline et Columelle aussi bien que Virgile, commettaient cette erreur commune. **2.** Autre erreur du poète, car les abeilles travaillent aussi la nuit. **3.** Messagers de la pluie. **4.** Aristote le croyait comme Virgile, Pline et Columelle, mais le fait est controuvé.

effort. D'elles-mêmes, avec leur trompe, elles recueillent les nouveau-nés éclos sur les feuilles [1] et les herbes suaves ; d'elles-mêmes, elles remplacent leur roi et ses petits Quirites [2], et refaçonnent leurs cours et leurs royaumes de cire. Aussi, bien que leur vie soit renfermée en des bornes étroites (car elles ne vivent pas plus de sept étés), leur race, elle, demeure immortelle ; la fortune de la famille subsiste pendant nombre d'années, et l'on compte les aïeux de leurs aïeux. J'ajouterai que ni l'Égypte ni la vaste Lydie ni les peuplades des Parthes ni le Mède de l'Hydaspe [3] n'ont autant de vénération pour leur roi. Tant que ce roi est sauf, elles n'ont toutes qu'une seule âme ; perdu, elles rompent le pacte, pillent les magasins de miel, brisent les claies des rayons. C'est lui qui surveille leurs travaux ; lui qu'elles admirent, qu'elles entourent d'un épais murmure, qu'elles escortent en grand nombre ; souvent même elles l'élèvent sur leurs épaules, lui font un bouclier de leurs corps à la guerre et s'exposent aux blessures pour trouver devant lui une belle mort.

D'après ces signes et suivant ces exemples, on a dit que les abeilles avaient une parcelle de la divine intelligence et des émanations éthérées ;

---

1. Tradition erronée, recueillie par Virgile, mais que Pline met déjà en doute. **2.** Les abeilles sont comparées par le poète à des citoyens romains. **3.** Le Mède ou Perse, qui habitait sur les bords du fleuve Hydaspe (auj. Djelem), dans la région actuelle du Pendjab.

car, selon certains, Dieu se répand par toutes les terres[1], et les espaces de la mer, et les profondeurs du ciel ; c'est de lui que les troupeaux de petit et de gros bétail, les hommes, toute la race des bêtes sauvages empruntent à leur naissance les subtils éléments de la vie ; c'est à lui que les êtres sont rendus et retournent après leur dissolution ; il n'est point de place pour la mort, mais, vivants, ils s'envolent au nombre des constellations et ils gagnent les hauteurs du ciel.

Si parfois tu veux ouvrir la ruche auguste et prendre le miel en réserve dans ses trésors, commence par t'asperger d'eau puisée à une source, puis purifie ta bouche[2], et arme ta main d'un brandon aux fumées pénétrantes. Car leur colère dépasse toute mesure : si on les offense, elles font des piqûres venimeuses, laissent leurs dards invisibles dans les veines auxquelles elles se sont fixées, et rendent l'âme dans la plaie qu'elles font. Deux fois par an elles amoncellent leur abondante production, et la récolte se fait en deux saisons : l'une, quand la Pléiade Taygète[3] montre à la terre[4] son beau visage et repousse dédaigneusement du pied les flots de l'Océan[5] ; l'autre, quand le même

1. Doctrine panthéiste des pythagoriciens, de Platon et des stoïciens, qu'on trouve encore exposée au chant VI de l'*Énéide*, v. 724. **2.** Une mauvaise odeur incommode et énerve les abeilles. **3.** Fille d'Atlas, l'une des Pléiades. **4.** Elle se lève le 22 avril. **5.** Pour prendre son essor.

astre, fuyant[1] la constellation du Poisson pluvieux[2] descend triste du ciel dans les ondes hivernales.

Plus elles verront leurs trésors épuisés, plus elles mettront d'ardeur à réparer leurs pertes, remplissant les vides et tapissant leurs greniers du suc des fleurs.

Mais si tu crains pour tes abeilles un rude hiver, si tu penses à l'avenir, si tu as pitié de leur désespoir et de leur détresse, alors n'hésite pas à faire des fumigations de thym et à retrancher les cires inutiles. Car souvent, sans qu'on s'en aperçoive, le lézard a rongé les rayons ; les cellules sont pleines de blattes qui y cherchent un refuge contre la lumière ; la guêpe oisive s'y met à l'affût de la pâture d'autrui ; le rugueux frelon, aux armes plus puissantes, y pénètre en intrus, ou la race hideuse des teignes, ou encore l'araignée, odieuse à Minerve[3], qui suspend aux portes ses filets lâches.

Si les abeilles (car leur vie est sujette aux mêmes accidents que la nôtre) sont atteintes d'un triste mal dont elles languissent, tu pourras le reconnaître à des signes qui ne laissent point de doute : à peine sont-elles malades que leur couleur change

1. Le coucher des Pléiades a lieu le 14 novembre. **2.** Le Poisson se lève en décembre : les Pléiades semblent donc le fuir. **3.** Arachné (l'araignée), jeune fille de Lydie, avait osé prétendre qu'elle tissait mieux que Minerve, et, défiant la déesse, lui avait présenté une toile où l'on voyait les amours des dieux : Minerve, furieuse, la frappa de sa navette et Arachné se pendit de désespoir. Elle fut métamorphosée en araignée (cf. Ovide, *Mét.*, VI, 1-245).

et qu'une maigreur horrible déforme leurs traits ; elles transportent alors hors de leurs logis les cadavres de celles qui ne voient plus la lumière et leur font de tristes funérailles ; ou elles se suspendent, enlacées par les pattes, au seuil de la porte, ou bien elles restent toutes sans bouger au fond de leurs demeures closes, engourdies par la faim et contractées par le froid qui les rend paresseuses. On entend alors un bruit plus grave, et elles murmurent, sans interruption : tel mugit parfois le froid Auster dans les forêts ; telle frémit la mer agitée lorsque les vagues refluent [1] ; tel, dans la fournaise close, bouillonne le feu vorace [2]. Je te conseille alors de brûler dans la ruche des parfums de galbanum [3] et d'y introduire du miel avec des tubes de roseau, exhortant, provoquant ainsi spontanément les abeilles fatiguées à prendre leur pâture familière. Il sera bon d'y joindre aussi de la noix de galle pilée [4] si savoureuse, des roses sèches, du vin doux épaissi à l'ardeur d'un grand feu, des raisins de Psithie [5] séchés au soleil, du thym de Cécrops [6] et des centaurées [7] à l'odeur forte. Il est aussi dans les prés une fleur, que les

1. Comparaison empruntée à Homère, *Il.*, XIV, 393 *sq.* **2.** Autre comparaison empruntée à Homère, *ibid.* **3.** Cf. note 2, p. 134. **4.** On appelle noix de galle une excroissance produite sur les bourgeons et les feuilles du chêne par la piqûre d'un insecte. On utilisait la noix de galle, et on l'utilise encore aujourd'hui, pour l'apprêt des cuirs et la teinture. **5.** Cf. note 11, p. 78. **6.** Cf. note 2, p. 155. **7.** Cf. note 1, p. 141.

cultivateurs ont nommée amelle[1], et qui est une plante facile à trouver : car d'une seule motte elle pousse une énorme forêt de tiges, et la fleur est d'or, tandis que, sur les pétales nombreux qui l'environnent, brille faiblement l'éclat de la violette noire. Souvent on en tresse des couronnes pour orner les autels des dieux ; la saveur en est âcre à la bouche ; les bergers la recueillent dans les vallons qu'ils fauchent, près des eaux sinueuses du Mella[2]. Cuis les racines de cette plante dans Bacchus chargé d'aromates[3], et place aux portes de la ruche des corbeilles pleines de cette pâture.

Mais si l'espèce tout entière vient à manquer soudain, sans qu'on ait de quoi reproduire une nouvelle lignée, il est temps d'exposer la mémorable découverte du maître d'Arcadie[4], et d'expliquer comment le sang corrompu de jeunes taureaux immolés a souvent produit des abeilles. Je vais, remontant assez haut, conter depuis son origine première toute la légende.

Aux lieux où le peuple fortuné[5] de la Pelléenne Canope[6] voit le fleuve Nil débordé étendre ses

---

1. Variété d'aster : l'aster attique commun, de couleur violette. **2.** Le Mella, rivière de la Gaule cisalpine (auj. Lombardie), affluent de l'Oglio. **3.** Du vin aromatisé. **4.** Il s'agit d'Aristée : fils d'Apollon et de la nymphe Cyrène, il enseigna aux hommes l'élevage des troupeaux et des abeilles, la culture de la vigne et celle de l'olivier, toutes connaissances que lui avaient inculquées les Muses ; c'est ce qui explique le terme « maître ». Après la mort de son fils Actéon, il quitta l'Arcadie pour la Thrace. **5.** Le peuple riche de la terre féconde du Nil. **6.** Canope, sur la branche occidentale du Nil (auj. branche de Rosette), est nommée pelléenne,

eaux stagnantes et parcourt ses campagnes sur des barques peintes ; aux lieux, dis-je, où le fleuve, que ne gêne plus le voisinage de la Parthie qui porte le carquois, féconde la verte Égypte d'un sable noir, et court se ruer par sept bouches distinctes, en descendant de chez les Indiens basanés [1], tout le pays voit dans ce procédé un remède salutaire et sûr. On choisit d'abord un étroit emplacement, réduit pour l'usage même ; on l'enferme de murs surmontés d'un toit de tuiles exigu, et on y ajoute quatre fenêtres, orientées aux quatre vents, et recevant une lumière oblique. Puis on cherche un veau, dont le front de deux ans porte déjà des cornes en croissant ; on lui bouche, malgré sa résistance, les deux naseaux et l'orifice de la respiration, et quand il est tombé sous les coups, on lui meurtrit les viscères pour les désagréger sans abîmer la peau. On l'abandonne en cet état dans l'enclos, en disposant sous lui des bouts de branches, du thym et des daphnés frais. Cette opération se fait quand les Zéphyrs commencent à remuer les ondes [2], avant que les prés s'émaillent de nouvelles couleurs, avant que la babillarde hirondelle suspende son nid aux poutres. Cependant le liquide s'est attiédi dans les os tendres et il fermente, et l'on peut voir alors des

---

parce que après la mort d'Alexandre le Grand une dynastie macédonienne occupa le trône d'Égypte : la Macédoine avait alors Pella pour capitale. **1.** Les noirs Éthiopiens. **2.** C'est-à-dire au printemps.

êtres aux formes étranges[1] : d'abord sans pieds, ils font bientôt siffler leurs ailes, s'entremêlent, et s'élèvent de plus en plus dans l'air léger, jusqu'au moment où ils prennent leur vol, comme la pluie que répandent les nuages en été, ou comme ces flèches que lance le nerf de l'arc, quand d'aventure les Parthes légers se mettent à livrer combat.

Quel dieu, Muses, quel dieu nous a révélé cet art ? Comment cet étrange procédé a-t-il pris naissance chez les hommes ?

Le berger Aristée, fuyant le Pénéien Tempé[2], après avoir, dit-on, perdu ses abeilles par la maladie et par la faim, tout triste s'arrêta à la source sacrée où prend naissance le fleuve, se répandant en plaintes et s'adressant à sa mère en ces termes : « Ma mère, Cyrène[3] ma mère, toi qui habites les profondeurs de ce gouffre, pourquoi m'as-tu fais naître de l'illustre race des dieux (si du moins, comme tu le dis, Apollon de Thymbra[4] est mon père), puisque je suis en butte à la haine des destins ? Ou bien où as-tu relégué cet amour que tu avais pour nous ? Pourquoi m'invitais-tu à espérer le ciel[5] ? Voici que l'honneur même de ma vie

---

1. Archelaüs appelle les abeilles « les rejetons ailés d'un bœuf mort ». Varron et Virgile accueillent cette tradition, que mettent en doute Pline et Columelle (cf. Varron, *Res rusticæ*, III, 16 ; Pline, XI, 23 ; Columelle, IX, 14). **2.** Cf. note 5, p. 100. **3.** Fille d'Hypnée, roi des Lapithes, Cyrène se laissa aimer par Apollon ; cf. Pindare, *Pythiques*, IX, et la note 4, p. 161. **4.** Ville de la Troade, sur le Thymbre, célèbre par son temple d'Apollon. **5.** Une place parmi les dieux.

mortelle, qu'à grand-peine et après avoir tout tenté m'avait procuré l'ingénieuse surveillance de mes récoltes et de mes troupeaux, je le perds à présent, et tu es ma mère ! Va, continue, et, de ta propre main, arrache mes fertiles vergers, porte dans mes étables un feu ennemi, et détruis mes moissons ; brûle mes semailles, et brandis contre mes vignes ta forte hache à deux tranchants, si tu as de ma gloire conçu tant de déplaisir. »

Sa mère alors, au fond de sa chambre dans les profondeurs du fleuve, entendit le son de sa voix. Autour d'elle des Nymphes filaient les toisons de Milet [1], teintes d'une couleur vert foncé, Drymo, Xantho, Légée, Phyllodocé, dont la chevelure brillante flottait sur les cous blancs, et Cydippe, et la blonde Lycorias, l'une vierge, l'autre qui venait pour la première fois d'éprouver les douleurs de Lucine [2], et Clio, et Béroé sa sœur, toutes deux Océanides [3], toutes deux portant une ceinture d'or, et couvertes toutes deux de peaux bigarrées ; et Éphyre, et Opis, et Déiopée d'Asie, et l'agile Aréthuse ayant enfin déposé ses flèches [4]. Au milieu d'elles, Clymène racontait la vaine précaution de Vulcain [5], les ruses de Mars et ses doux

---

1. La laine de Milet était fort renommée ; cf. note 4, p. 128. **2.** Les douleurs de l'enfantement ; cf. note 2, p. 114. **3.** Filles du dieu Océan. **4.** Chasseresse devenue naïade. **5.** Allusion au stratagème imaginé par Vulcain pour surprendre Mars et Vénus ; cf. Homère, *Od.*, VIII, 266 *sq.*

larcins [1], et elle énumérait, depuis le Chaos [2], les amours innombrables des dieux. Tandis que, charmées par ce chant, elles déroulent la laine molle de leurs fuseaux, une seconde fois la plainte d'Aristée vint frapper les oreilles de sa mère, et, sur leurs sièges de verre, toutes restèrent stupéfaites ; mais plus prompte que ses autres sœurs, Aréthuse, regardant d'où le bruit partait, éleva sa tête blonde à la surface de l'onde, et de loin : « Oh ! ce n'est pas en vain que tu étais alarmée par de tels gémissements, Cyrène, ô ma sœur ! lui-même, l'objet principal de tes soins, triste, Aristée, aux bords de son père le Pénée [3], se tient debout en pleurs, et te traite de cruelle. » À ces mots, le cœur frappé d'un effroi inouï : « Vite, répond la mère, amène-le, amène-le vers nous : il a le droit de toucher le seuil des dieux. » En même temps, elle ordonne au fleuve profond de s'écarter au loin pour livrer passage au jeune homme ; l'onde alors, recourbée en forme de montagne, l'entoura, et le reçut dans son vaste sein, et le porta jusqu'au fond du fleuve.

Déjà, il s'avançait, admirant la demeure de sa mère et ses royaumes humides, les lacs enfermés dans des grottes et les bois sacrés sonores, et,

1. Ses larcins amoureux, lorsqu'il tenait Vénus dans ses bras. **2.** Depuis l'origine du monde. **3.** Plus exactement, Pénée est l'arrière-grand-père d'Aristée : sa mère Cyrène est la fille d'Hypsée, le roi des Lapithes, lui-même fils de la naïade Créuse et du dieu-fleuve thessalien Penée.

frappé de stupeur en voyant le mouvement immense des eaux, il contemplait tous les fleuves qui coulent sous la vaste terre en des directions différentes : le Phase [1] et le Lycus [2], et la source d'où jaillissent d'abord le profond Énipée [3], et l'Hypanis qui fait retentir les rochers [4], et le Caïque de Mysie [5], puis [6] celle d'où s'élance le vénérable Tibre, et l'Anio aux doux flots [7], et, portant sur un front de taureau deux cornes d'or jumelles [8], l'Éridan doré [9], le plus violent des fleuves qui, à travers les cultures fertiles, se précipitent dans la mer vermeille [10].

Lorsqu'on fut parvenu sous la voûte de la chambre d'où pendaient des pierres ponces, et que Cyrène eut appris les vains [11] pleurs de son fils, les nymphes sœurs lui donnent tout à tour des flots d'une onde limpide pour qu'il se lave les mains, et lui présentent des serviettes dont la peluche a été rasée ; d'autres chargent les tables de mets et y

---

1. Le Phase (auj. Fasch), fleuve de l'Asie Mineure, qui séparait l'Arménie de la Colchide et se jetait dans le Pont-Euxin. **2.** Le Lycus, fleuve du Pont, arrosait Mégalopolis et se jetait dans le Pont-Euxin. **3.** L'Énipée (auj. la Carissa), rivière de Thessalie, affluent du Pénée. **4.** L'Hypanis (auj. le Bug), rivière de Scythie, affluent du Borysthène (l'actuel Dnieper). **5.** Le Caïque (auj. le Bakis-Chaï) arrosait la Mysie et se jetait dans la mer Égée. **6.** Après les fleuves d'Orient, Virgile énumère les fleuves d'Occident. **7.** L'Anio (auj. Aniene), affluent du Tibre, qui séparait la Sabine du Latium. **8.** Tel qu'on se figurait la plupart des fleuves. **9.** L'Éridan (auj. le Pô) roulait, disait-on, des paillettes d'or. **10.** Expression homérique. **11.** Parce qu'il ne tient qu'à elle de les sécher.

posent des coupes pleines ; les encens de Panchaïe [1] brûlent sur les autels. Et sa mère : « Prends, dit-elle, une coupe de ce Bacchus Méonien [2] : faisons à l'Océan [3] une libation. » En même temps, elle prie l'Océan, père des choses, et les Nymphes sœurs qui gardent cent forêts et qui gardent cent fleuves ; trois fois elle versa le limpide nectar sur Vesta embrasée [4] ; trois fois un jet bouillant de flamme s'élança au sommet de la voûte. Ce présage le rassure, et d'elle-même elle commence ainsi :

« Il est au gouffre de Carpathos [5] un devin de Neptune, Protée [6] au corps d'azur [7], qui parcourt la grande plaine des mers sur un char attelé de coursiers à deux pieds, moitié poissons et moitié chevaux. En ce moment, il regagne les ports d'Émathie [8] et Pallène [9] sa patrie ; nous, les Nymphes, nous le vénérons, et le vieux Nérée [10] lui-même le vénère ; car il sait tout, étant devin, ce qui est, ce qui fut, et ce que traîne avec lui l'avenir. Ainsi en a-t-il plu à Neptune, dont il fait paître au fond du gouffre les monstrueux troupeaux et les phoques hideux. C'est lui, mon fils, qu'il te faut

1. Cf. note 4, p. 81. **2.** Ce vin de Méonie. Il s'agit du Tmolus ; cf. note 2, p. 41. **3.** Qui est le père de tous les fleuves. **4.** Le feu. **5.** La mer de Carpathos, autour de l'île du même nom (auj. Scarpanto), entre Rhodes et la Crète, c'est-à-dire au nord de l'Égypte, d'où Protée est originaire. **6.** Fils de Neptune et de Téthys. **7.** Comme tous les dieux marins. **8.** Contrée maritime de la Macédoine. **9.** Auj. Cassandria, presqu'île au sud-est de la Chalcidique. **10.** Nérée, fils de Pontus et de la Terre, époux de Doris, père des Néréides, dieu de la mer Égée ; cf. *Buc.*, VI.

d'abord prendre et enchaîner, pour qu'il t'explique complètement la cause de la maladie et lui donne une fin favorable. Car, si tu n'uses de violence, il ne te donnera aucun conseil, et ce n'est pas avec des prières que tu le fléchiras. Quand tu l'auras pris, emploie la force brutale et serre-le dans des liens : c'est l'unique moyen, en les brisant, de rendre vaines ses ruses. Moi-même lorsque le soleil aura allumé ses feux de midi, lorsque les herbes ont soif et que l'ombre plaît déjà davantage au troupeau, je te conduirai à la retraite du vieillard, là où il se repose au sortir des ondes, pour qu'il te soit facile de te jeter sur lui lorsqu'il dormira de tout son long. Mais quand tes mains l'auront pris et que tu le tiendras dans les chaînes, alors, pour se jouer de toi, il prendra diverses figures et même des gueules de bêtes : tout à coup, en effet, il deviendra un sanglier hérissé, un tigre affreux, un dragon écailleux, une lionne à l'encolure fauve ; ou bien il fera entendre le bruit de la flamme qui pétille, et ainsi s'échappera de tes liens ; ou bien il s'en ira éparpillé en de minces filets d'eau. Mais plus il prendra de formes différentes, plus, mon fils, tu serreras l'étreinte de ses liens, jusqu'à ce qu'il redevienne, après métamorphose, tel que tu l'auras vu, quand le sommeil commencé lui fermait les yeux. »

Elle dit, et verse le limpide parfum de l'ambroisie [1], le répandant sur tout le corps de son fils :

---

1. L'ambroisie, liqueur rouge à l'odeur délicieuse, conservait une éternelle jeunesse à ceux qui en goûtaient. C'est avec l'ambroisie

alors une suave odeur s'exhala de son élégante chevelure, et une souple vigueur lui pénétra les membres. Il est une grotte immense, au flanc d'un mont rongé par les flots, où l'onde, poussée par le vent, s'engouffre et se replie en des vagues sinueuses, autrefois rade très sûre pour les marins surpris. C'est au fond de cette grotte que Protée s'abrite derrière le vaste rocher. C'est là, dans une cachette, que la Nymphe place son fils, le dos tourné à la lumière ; elle se tient à distance, invisible dans les nuées [1].

Déjà le vorace Sirius [2] qui brûle les Indiens altérés s'enflammait dans le ciel, et le soleil en feu avait à demi épuisé son cercle ; les herbes se desséchaient et les rayons cuisaient les cavités des fleuves, chauffés jusqu'au limon dans leurs gorges à sec, comme Protée, gagnant du sein des flots son antre accoutumé, s'avançait : autour de lui, la gent humide de la vaste mer en bondissant disperse au loin l'amère rosée. Les phoques, sur le rivage, s'étendent çà et là pour dormir ; lui, tel que parfois un gardien d'étable sur les monts, lorsque le soir ramène du pâturage les veaux vers les étables, et que les agneaux aiguisent l'appétit des loups en faisant entendre leurs bêlements, assis sur un rocher au milieu de son troupeau, il le compte et le passe en revue.

---

que Vénus, au XIIe chant de l'*Énéide*, guérit les blessures d'Énée. C'était la nourriture des dieux. **1.** Dans les nuées dont elle s'enveloppe, comme font les divinités. **2.** La canicule.

Aristée, voyant cette occasion offerte, laisse à peine le temps au vieillard d'allonger ses membres fatigués : il s'élance à grands cris, et le saisit par terre et lui passe les menottes. Protée, de son côté, n'oublie pas ses artifices, il se transforme en toutes sortes d'objets merveilleux : feu, bête horrible, eau limpide qui s'enfuit. Mais comme aucun subterfuge n'aboutit à le sauver, vaincu, il redevient lui-même, et parlant enfin d'une voix humaine : « Qui donc, jeune homme présomptueux entre tous, t'a fait ainsi affronter nos demeures ? Que demandes-tu ici ? » dit-il. Mais Aristée alors : « Tu le sais, Protée, tu le sais mieux que personne, et il n'est au pouvoir de quiconque de te tromper ; mais toi aussi cesse de vouloir le faire. C'est en suivant les conseils des dieux que nous sommes venus chercher ici un oracle pour nos vicissitudes. » Il n'en dit pas plus. À ces mots le devin, avec une grande violence, roula enfin ses yeux qu'enflammait une lueur glauque, et, avec un profond grincement de dents, ouvrit la bouche pour l'oracle suivant :

« C'est une divinité qui te poursuit de sa colère : tu expies un grand forfait ; ce châtiment, c'est Orphée[1] qu'il faut plaindre pour son sort immérité, qui le suscite contre toi, à moins que

---

1. Le poète légendaire de Thrace. La légende rapporte qu'aux accents mélodieux de sa lyre, Orphée entraînait non seulement les bêtes, mais les rochers et les forêts.

les Destins ne s'y opposent, et, qui exerce des sévices cruels pour l'épouse qu'on lui a ravie. Tandis qu'elle te fuyait en se précipitant le long du fleuve, la jeune femme, – et elle allait en mourir, – ne vit pas devant ses pieds une hydre monstrueuse qui hantait les rives dans l'herbe haute. Le chœur des Dryades de son âge emplit alors de sa clameur le sommet des montagnes ; on entendit pleurer les contreforts du Rhodope [1], et les hauteurs du Pangée [2], et la terre martiale de Rhésus [3], et les Gètes [4], et l'Hèbre [5], et Orithye l'Actiade [6]. Lui, consolant son douloureux amour sur la creuse écaille de sa lyre [7], c'est toi qu'il chantait, douce épouse, seul avec lui-même sur le rivage solitaire, toi qu'il chantait à la venue du jour, toi qu'il chantait quand le jour s'éloignait. Il entra même aux gorges du Ténare [8], portes

1. Cf. note 2, p. 58. **2.** Le Pangée, montagne de Thrace (auj. le Punhar-Dagh), entre le Strymon et le Nestos. **3.** La Thrace, où régna Rhésus, fils du fleuve Strymon. Un oracle ayant déclaré que Troie ne serait pas prise, si les chevaux de Rhésus buvaient les eaux du Xanthe, Priam appela Rhésus à son secours ; mais Ulysse et Diomède le tuèrent et lui prirent ses chevaux ; cf. *Én.*, I, 469. – La Thrace est une terre martiale parce que ses habitants sont très belliqueux. **4.** Cf. note 7, p. 136. **5.** Le fleuve fameux de Thrace (auj. la Maritza), sur les bords duquel les Bacchantes du pays déchirèrent Orphée. **6.** Orithye l'Actiade ou l'Athénienne, fille du roi Érechthée, fut enlevée par Borée avec qui elle habita les contrées nordiques. **7.** D'après une tradition, la lyre fut inventée par Mercure qui trouva sur les bords du Nil une écaille de tortue, dont quelques fibres résonnèrent sous ses doigts. **8.** Le Ténare, promontoire de Laconie (auj. cap. Matapan), où une gorge profonde passait pour être « la porte de Dis ».

profondes de Dis[1], et dans le bois obscur à la noire épouvante, et il aborda les Mânes[2], leur roi redoutable, et ces cœurs qui ne savent pas s'attendrir aux prières humaines. Alors, émues par ses chants, du fond des séjours de l'Érèbe[3], on put voir s'avancer les ombres minces et les fantômes des êtres qui ne voient plus la lumière, aussi nombreux que les milliers d'oiseaux qui se cachent dans les feuilles, quand le soir ou une pluie d'orage les chasse des montagnes : des mères, des maris, des corps de héros magnanimes qui se sont acquittés de la vie, des enfants, des jeunes filles qui ne connurent point les noces, des jeunes gens mis sur des bûchers devant les yeux de leurs parents, autour de qui s'étendent le limon noir et le hideux roseau du Cocyte[4], et le marais détesté avec son onde paresseuse qui les enserre, et le Styx[5] qui neuf fois les enferme dans ses plis. Bien plus, la stupeur saisit les demeures elles-mêmes et les profondeurs Tartaréennes de la Mort, et les Euménides aux cheveux entrelacés de serpents d'azur ; Cerbère[6] retint, béant, ses trois gueules, et la roue d'Ixion[7] s'arrêta avec le vent qui la faisait tourner. Déjà, revenant sur ses pas, il avait

1. Dis ou Pluton, dieu des Enfers. **2.** Divinités des morts. **3.** Fils de Chaos et de la Nuit, père du Jour, l'Érèbe, dont le nom signifie en grec « ténèbres », fut précipité par Jupiter dans les Enfers pour avoir porté secours aux Titans, et y fut changé en fleuve. **4.** Cf. note 1, p. 113. **5.** Fleuve des Enfers ; cf. *Géorg.*, I, p. 53. **6.** Le chien à trois têtes, préposé à la garde des Enfers. **7.** Cf. note 2, p. 113.

échappé à tous les périls, et Eurydice lui étant rendue s'en venait aux souffles d'en haut en marchant derrière son mari (car telle était la loi fixée par Proserpine), quand un accès de démence subite s'empara de l'imprudent amant – démence bien pardonnable, si les Mânes savaient pardonner ! Il s'arrêta, et juste au moment où son Eurydice arrivait à la lumière, oubliant tout, hélas ! et vaincu dans son âme, il se tourna pour la regarder. Sur-le-champ tout son effort s'écroula, et son pacte avec le cruel tyran fut rompu, et trois fois un bruit éclatant se fit entendre aux étangs de l'Averne [1]. Elle alors : “Quel est donc, dit-elle, cet accès de folie, qui m'a perdue, malheureuse que je suis, et qui t'a perdu, toi, Orphée ? Quel est ce grand accès de folie ? Voici que pour la seconde fois les destins cruels me rappellent en arrière et que le sommeil ferme mes yeux flottants. Adieu à présent ; je suis emportée dans la nuit immense qui m'entoure et je te tends des paumes sans force, moi, hélas ! qui ne suis plus tienne.” Elle dit, et loin de ses yeux tout à coup, comme une fumée mêlée aux brises ténues, elle s'enfuit dans la direction opposée ; et elle eut beau tenter de saisir les ombres, eut beau vouloir lui parler encore, il ne la vit plus, et le nocher de l'Orcus [2] ne le laissa

1. L'Averne, lac volcanique, en Campanie, près de Naples, dont les odeurs pestilentielles faisaient croire aux anciens qu'il était une entrée des Enfers ; cf. *Én.*, VI, 239. **2.** Charon ; cf. *Én.*, VI, 299.

plus franchir le marais qui la séparait d'elle. Que faire ? où porter ses pas, après s'être vu deux fois ravir son épouse ? Par quels pleurs émouvoir les Mânes, par quelles paroles les Divinités ? Elle, déjà froide, voguait dans la barque Stygienne. On conte qu'il pleura durant sept mois entiers sous une roche aérienne, aux bords du Strymon [1] désert, charmant les tigres et entraînant les chênes avec son chant. Telle, sous l'ombre d'un peuplier, la plaintive Philomèle [2] gémit sur la perte de ses petits, qu'un dur laboureur aux aguets a arrachés de leur nid, alors qu'ils n'avaient point encore de plumes : elle, passe la nuit à pleurer, et, posée sur une branche, elle recommence son chant lamentable, et de ses plaintes douloureuses emplit au loin l'espace. Ni Vénus [3] ni aucun hymen ne fléchirent son cœur ; seul, errant à travers les glaces hyperboréennes [4] et le Tanaïs neigeux [5] et les guérets du Riphée [6] que les frimas ne désertent jamais, il pleurait Eurydice perdue et les dons inutiles de Dis. Les mères des Cicones [7], voyant

---

1. Cf. note 1, p. 45. **2.** Térée, roi de Thrace, épousa Procné, l'une des filles de Pandion, roi d'Athènes, et en eut un fils, Itys. Mais, comme il s'était épris de sa belle-sœur Philomèle, sa femme, pour se venger, servit à Térée dans un festin le corps d'Itys. Quand Térée découvrit la vérité, il poursuivit Procné et Philomèle : les dieux alors transformèrent Térée en épervier, Itys en chardonneret, Procné en hirondelle et Philomèle en rossignol. **3.** L'amour. **4.** Cf. note 1, p. 122. **5.** Le Tanaïs (auj. le Don), fleuve du pays des Sarmates, qui se jetait dans le Palus Méotide (auj. la mer d'Azov). **6.** Cf. note 2, p. 53. **7.** Peuple de la Thrace méridionale.

dans cet hommage une marque de mépris, déchirèrent le jeune homme au milieu des sacrifices offerts aux dieux et des orgies du Bacchus nocturne [1], et dispersèrent au loin dans les champs ses membres en lambeaux. Même alors, comme sa tête, arrachée de son col de marbre, roulait au milieu du gouffre, emportée par l'Hèbre Œagrien [2], "Eurydice !" criaient encore sa voix et sa langue glacée, "Ah ! malheureuse Eurydice !" tandis que sa vie fuyait, et, tout le long du fleuve, les rives répétaient en écho : "Eurydice !" »

Ainsi parla Protée, et d'un bond s'élança dans la mer profonde, et, en plongeant, fit jaillir une colonne tourbillonnante d'écume.

Mais Cyrène ne s'éloigne pas, et, voyant Aristée tremblant, elle lui adresse d'elle-même ces paroles : « Ô mon fils, tu peux bannir de ton cœur les soucis qui l'affligent. Voilà toute la cause de la maladie ; voilà pourquoi les Nymphes, avec qui Eurydice menait des chœurs au fond des bois sacrés, ont lancé la mort sur tes abeilles. Va donc, en suppliant, leur porter des offrandes, leur demandant la paix, et vénère les Napées [3] indulgentes : ainsi, te pardonnant, elles exauceront tes vœux, et apaiseront leurs ressentiments. Mais je veux d'abord te dire point par point la façon dont

1. Les Bacchanales avaient lieu la nuit. **2.** Cf. note 5, p. 171. L'Hèbre est ici qualifié d'Œagrien parce qu'il arrose la Thrace où régna Œagre, père d'Orphée. **3.** Nymphes des vallons boisés (grec *napê*, νάπη, vallon boisé).

on les implore. Choisis quatre de ces superbes taureaux au beau corps, qui paissent maintenant pour toi les sommets du Lycée [1] verdoyant, et autant de génisses dont la nuque n'ait point encore été touchée par le joug ; dresse-leur quatre autels près des hauts sanctuaires des déesses, fais jaillir de leurs gorges un sang sacré et abandonne leurs corps sous les frondaisons du bois sacré. Puis, quand la neuvième aurore se sera levée, tu jetteras aux mânes d'Orphée les pavots du Léthé [2], tu apaiseras et honoreras Eurydice en lui sacrifiant une génisse ; et tu immoleras une brebis noire et retourneras dans le bois sacré. »

Sans retard, sur-le-champ, il exécute les prescriptions de sa mère. Il va au sanctuaire, élève les autels indiqués, amène quatre superbes taureaux au beau corps et autant de génisses dont la nuque n'a point encore été touchée par le joug. Puis, quand la neuvième aurore se fut levée, il offre un sacrifice aux mânes d'Orphée, et retourne dans le bois sacré. Alors, prodige soudain et merveilleux à dire, on voit, parmi les viscères liquéfiés des bœufs, des abeilles bourdonner qui en remplissent les flancs, et s'échapper des côtes rompues, et se répandre en des nuées immenses, puis convoler au sommet d'un arbre et laisser pendre leur grappe à ses flexibles rameaux.

---

1. Cf. note 6, p. 38. **2.** Les pavots qui versent l'oubli et apaisent.

Voilà ce que je chantais sur les soins à donner aux guérets et aux troupeaux, ainsi que sur les arbres, pendant que le grand César[1] lançait ses foudres guerrières contre l'Euphrate[2] profond, et, vainqueur, donnait des lois aux peuples soumis, et se frayait un chemin vers l'Olympe. En ce temps-là, la douce Parthénope[3] me nourrissait, moi, Virgile, florissant aux soins d'un obscur loisir, moi qui ai dit par jeu les chansons des bergers[4], et qui, audacieux comme la jeunesse, t'ai chanté, ô Tityre, sous le dôme d'un vaste hêtre[5].

1. Octave Auguste. **2.** Octave conclut en 30 un traité avec les Parthes, qui habitaient au-delà de l'Euphrate, à la frontière de la province romaine de Syrie. **3.** Ancien nom de Naples : Parthénope était une Sirène adorée à Naples ; cf. Pline, III, 5, 9. La légende conte qu'Ulysse ayant résisté aux charmes de son chant, Parthénope se jeta dans la mer, et qu'on donna son nom à la ville qui se construisit près de son tombeau. **4.** *Les Bucoliques.* **5.** Le poète reprend au dernier vers de ses *Géorgiques* une partie du premier vers des *Bucoliques.*

DOSSIER

1 — Les Géorgiques *ou l'éloge du travail de la terre*

2 — *Travail du paysan, travail du poète*

3 — *La question des* excursus *et le sens des* Géorgiques

4 — *Postérité de l'œuvre*

1 — Les Géorgiques *ou l'éloge du travail de la terre*

Les Géorgiques sont traversées, de bout en bout, par le motif du travail, de l'effort de l'agriculteur pour arracher à la nature une production satisfaisante, pour préserver ses animaux des maladies ou pour en assurer une reproduction correcte. Cette omniprésence du travail distingue radicalement l'une de l'autre les deux premières œuvres de Virgile.

I. D'une Arcadie légère à une « Arcadie austère [1] »

Conformément aux règles du genre littéraire de l'églogue, *Les Bucoliques* mettent en scène des bergers essentiellement occupés à parler d'amour et à jouer de la musique. Au contraire, l'univers des *Géorgiques* est un univers de travail, que le poète évoque tout au long de l'œuvre : travail acharné du paysan (I, p. 47), travail de la vigne (II, p. 96), travail des laboureurs (II, p. 75), travail que constitue l'élevage des

1. Expression empruntée à Joël Thomas, in *Virgile. Bucoliques, Géorgiques, op. cit.*, p. 40.

brebis et des chèvres, mais aussi travail que doit accomplir le cheval (III, p. 121) ou travail auquel, prévoyant la venue de l'hiver, s'adonnent l'été les abeilles (IV, p. 148). Les humains et les animaux collaborent à une tâche immense, qui semble ne jamais avoir de fin et à laquelle Virgile appelle sans relâche. Le chant et la musique, si fréquents dans *Les Bucoliques*, ne disparaissent pas entièrement des *Géorgiques*, mais ne servent que de délassement après une journée de travail harassant, lorsque l'épouse du paysan « charm[e] par ses chansons l'ennui d'un long labeur » (I, p. 56). Loin des bergers des *Bucoliques* qui, tel Tityre dans la première pièce, sont « couché[s] sous le dôme d'un vaste hêtre » et « essai[ent] un air sylvestre sur [leur] léger pipeau » [1], les paysans des *Géorgiques* sont des hommes qui s'épuisent au travail et dont les instants de repos ne sont pas nombreux.

Rien, sans doute, n'est plus représentatif de l'opposition entre l'univers des *Bucoliques* et celui des *Géorgiques* que deux vers, auxquels Virgile a volontairement donné une forme semblable afin que leur sens radicalement différent n'en éclate que mieux. Dans la dixième « Bucolique », reconnaissant sa passion malheureuse pour Lycoris, Gallus s'exclame : « L'Amour triomphe de tout ; nous aussi, cédons à l'Amour ! » ; au livre I des

1. Virgile, *Les Bucoliques*, trad. M. Rat, GF-Flammarion, 1967, p. 33.

Géorgiques, alors qu'il vient d'évoquer comment l'homme a inventé la navigation, la chasse, la pêche et le travail du métal, Virgile affirme : « Tous les obstacles furent vaincus par un travail acharné [1] » (I, p. 47). De l'amour au travail, la vie de l'homme a changé, et celui-ci réside désormais dans un monde où tout lui demande de l'effort.

II. La fin de l'âge d'or

Dans le livre I des *Géorgiques*, Virgile rappelle qu'il fut un temps où le monde ne demandait pas aux hommes ce « travail acharné » :

> Avant Jupiter, point de colon qui domptât les guérets ; [...] les récoltes étaient mises en commun, et la terre produisait tout d'elle-même, librement, sans contrainte (I, p. 45).

Le poète renvoie dans ces vers au mythe des âges (ou mythe des races), qui figure d'abord chez le poète grec Hésiode (VIIIe siècle av. J.-C.). Celui-ci, dans *Les Travaux et les Jours*, explique comment l'âge d'or – le premier âge du monde, moment où les hommes venaient d'être créés et où Saturne régnait dans l'Olympe – était un temps de bonheur et d'abondance :

---

1. *Bucoliques*, X, 69 : *Omnia vincit Amor ; et nos cedamus Amori* (nous traduisons) ; à comparer avec *Géorgiques*, I, 145-146 : *Labor omnia vicit/ improbus.*

D'or fut la première race des hommes de vie
[périssable,
race créée par les dieux immortels qui peuplent
[l'Olympe. […]
Ils vivaient de festins, à l'abri de toute misère ;
ils mouraient comme ils s'endormaient. Et toutes
[richesses
leur revenaient : la terre qui donne vie, d'elle-
[même,
leur tendait ses fruits abondants [1].

L'âge d'or est caractérisé par une absence de travail, puisque l'homme possède toutes les richesses de la terre sans avoir à la cultiver. Les autres âges, ensuite, manifestent un mouvement de dégradation : peu à peu, les hommes connaissent la nécessité de l'effort et du travail, la douleur, l'injustice, les guerres. L'âge de fer (celui du poète et le nôtre) est une époque où les hommes connaissent « de jour les misères, de nuit les afflictions [qui] les consument sans trêve [2] ». Le mythe de l'âge d'or exprime donc ce que Mircea Eliade a appelé la « nostalgie des origines [3] » et est fondé sur le regret de la perte irrévocable d'un bonheur absolu et sur l'idée d'une déchéance de l'humanité, en une vision pessimiste du devenir historique.

---

1. Hésiode, *La Théogonie. Les Travaux et les Jours et autres poèmes*, v. 109-118, trad. P. Brunet, Le Livre de Poche, « Classiques », 1999, p. 101. **2.** *Ibid.*, v. 176-177, p. 103. **3.** Mircea Eliade, *La Nostalgie des origines. Méthodologie et histoire des religions*, Gallimard, 1971.

Chez Virgile, pourtant, ce mythe a une coloration différente. D'abord parce qu'il affirme dans la quatrième *Bucolique*, en un messianisme porteur d'espoir, que cette période bénie est appelée à revenir un jour et que la terre, alors, offrira de nouveau d'elle-même aux hommes toutes ses productions [1]. Ensuite, si, dans *Les Géorgiques*, l'univers de facilité et d'abondance de l'âge d'or a laissé place à un monde dans lequel tout n'est plus que travail, lutte et efforts, le passage d'un âge à l'autre n'est pas justifié, comme chez Hésiode, par la méchanceté des hommes et la colère des dieux, mais par une volonté toute différente de Jupiter :

> Le Père des dieux lui-même a voulu rendre la culture des champs difficile, et c'est lui qui le premier a fait un art de remuer la terre, en aiguisant par les soucis les cœurs des mortels et en ne souffrant pas que son empire s'engourdît dans une triste indolence (I, p. 45).

Selon Virgile, Jupiter a rendu la vie des hommes moins aisée afin de les contraindre à faire preuve d'ingéniosité. Il s'agit là d'un renversement total du mythe hésiodique : la fin de l'âge d'or ne signifie plus le début d'une déchéance inéluctable de l'humanité mais, tout au contraire, elle donne

1. Virgile, *Les Bucoliques*, IV, éd. citée, p. 53. Ce retour de l'âge d'or est lié chez lui à la naissance d'un « enfant », sur l'identité duquel on s'interroge encore.

aux hommes l'occasion de trouver, dans le travail et l'effort, une forme de grandeur.

III. Travailler une nature hostile

La nature, dans *Les Géorgiques*, résiste à l'homme et place sur sa route bien des obstacles. Virgile insiste sur les difficultés auxquelles les paysans doivent faire face. Au livre I, il évoque ainsi les oiseaux qui viennent piller les moissons, les mauvaises herbes qui y poussent, le manque de soleil ou au contraire la sécheresse, les maladies du blé, puis les orages ravageurs (I, p. 43 et p. 47-49) ; au livre II, les animaux nuisibles qui dévorent les jeunes pousses de vigne, la gelée qui durcit le sol et la chaleur de l'été qui le dessèche (II, p. 95) ; au livre III, les taons qui s'abattent sur le bétail (III, p. 119), les dangers que courent les mâles quand les femelles sont en chaleur et les fureurs de ces dernières (III, p. 124-127), les serpents qui piquent les animaux, les maladies dont ils sont victimes (III, p. 135), notamment la terrible épizootie du Norique (III, p. 137) ; au livre IV, les prédateurs des abeilles (IV, p. 159), les maladies qui les touchent, voire la destruction qui les menace (IV, p. 161). Le paysan doit donc sans cesse se tenir sur ses gardes et, pour éviter de voir ses efforts réduits à néant, il doit pratiquer un travail exténuant et toujours recommencé : le travail de la vigne n'est « jamais épuisé » et celui des laboureurs « revient toujours en un cercle » (II, p. 96), les semences, même examinées avec soin, peuvent dégénérer si « chaque année on n'en tri[e] à la main les plus belles » (I, p. 50). Telle est la leçon que Virgile entend donner dans *Les Géorgiques*.

C'est bien la posture d'un professeur qu'il adopte, en s'adressant à des « élèves », souvent avec vigueur, par des formules jussives (« tu auras soin de », « observe », « semez », « je veux [...] voir ») ou des futurs de certitude (« tu laisseras la campagne se reposer », I, p. 42). Comme tout bon pédagogue, il ne manque pas de justifier ses conseils par son expérience (« [s]ouvent aussi il a été bon de », « [j]'ai vu bien des gens », I, p. 49) ni d'encourager ses élèves (« Courage donc ! », I, p. 42 ; « Au travail donc, ô cultivateurs ! », II, p. 75). Parfois, néanmoins, changeant de posture, il semble se faire lui-même paysan (« En outre, nous devons observer la constellation de l'Arcture », I, p. 50 ; « Beaucoup de travaux nous sont rendus plus faciles », I, p. 55) : il partage ainsi avec ses élèves, pour les aider, le quotidien d'une humanité qui, à travers les difficultés, doit trouver une voie qui lui est propre.

Or il s'agit d'une voie ardue : le poète reconnaît que certaines terres sont difficiles, que la vigne tout comme les ruches nécessitent un « dur labeur » (II, p. 97 et IV, 151), et évoque « tout ce mal que les hommes et les bœufs se sont donné pour retourner la terre » (I, p. 45). Le travail du paysan, exprimé en latin par les termes *labor*, mais aussi *studium* (« zèle ») ou *cura* (« soin, souci »), prend de multiples formes et nécessite de la part de celui qui s'y livre un véritable investissement. Pour ne donner que quelques exemples, le laboureur doit connaître le terrain sur lequel il sème et le climat auquel ce terrain est soumis, apprendre quelles sont les différentes méthodes pour améliorer sa terre, savoir quelles tâches accomplir après avoir semé, reconnaître les signes qui annoncent les orages destructeurs ; l'éleveur doit être capable de sélectionner les animaux grâce à une rigoureuse observation de leurs caractéristiques physiques, de connaître les moments propices à la reproduction, de déterminer la nourriture à donner à chaque espèce, de s'efforcer de faire vivre les animaux dans un environnement sain afin de protéger son cheptel de la maladie… Autant de connaissances qui ne s'acquièrent que par un apprentissage long et incessant.

Ce travail consiste en partie à ne pas laisser la nature à l'état sauvage : en arboriculture, par exemple, la greffe est un moyen efficace pour améliorer les espèces et amener les arbres à « se plie[r] » à la volonté des hommes (II, p. 76) ; même chose pour la vigne, que le vigneron doit élaguer en exerçant son « dur empire » pour arrêter « l'exubérance de ses rameaux » (II, p. 94) ; même chose encore pour la terre, que le paysan « tourmente [...] sans répit », tandis qu'il « commande aux guérets » (I, p. 44). Le vocabulaire est éloquent : il s'agit incontestablement d'une contrainte, « qui cintre, forge, aménage, greffe [1] » ; il s'agit aussi d'une forme de violence, qui est plus frappante encore quand il faut domestiquer le vivant. Au printemps, dit Virgile, « je veux dès lors voir le taureau commencer de gémir sous le poids de la charrue » (I, p. 41) et, pour forcer la nature à donner à l'homme le meilleur, il faut parfois montrer une certaine dureté. L'éleveur qui veut que la reproduction de son cheptel se passe au mieux doit tout faire pour « amaigrir et amincir les femelles » ; il « leur refuse tout feuillage » et « les écarte des fontaines » (III, p. 118) ; quand les veaux sont nés, il faut les « dresser » très tôt, quand « leur humeur est docile encore et leur jeune âge facile à plier » (III, p. 120) ; les poulains sont soumis eux aussi à un dressage qui leur apprendra à « subir le fouet flexible et [...] obéir aux durs caveçons [2] » (III, p. 122). L'apiculteur doit pour sa part « calmer » l'ardeur des abeilles en leur jetant de la poussière (mais le verbe latin *comprimere* signifie plutôt « réfréner »),

1. Joël Thomas, *Virgile. Bucoliques, Géorgiques*, *op. cit.*, p. 84.
2. Demi-cercles de métal enserrant les naseaux d'un cheval.

« livre[r] à la mort » celui des deux rois qui lui paraît le plus faible (les Anciens croyaient que les abeilles avaient un roi et non une reine) et enlever au survivant ses ailes afin qu'il demeure dans la ruche (IV, p. 150). Plus brutal est peut-être ce que conseille Virgile à propos des chevaux vieillissants, dans un passage qui est susceptible de deux lectures. Notre édition traduit les vers 95-96 du livre III de la façon suivante :

> Mais ce cheval même, lorsque, appesanti par la maladie ou déjà ralenti par les ans, il a des défaillances, enferme-le au logis et sois indulgent à une vieillesse qui ne le déshonore pas (III, p. 116).

Mais d'autres commentateurs, en se fondant sur un passage de *Sur l'agriculture* de Caton, l'une des sources de Virgile, comprennent : « Ce cheval [...], chasse-le de ton logis et n'aie pas de pitié pour la vieillesse déshonorante [1]. »

IV. Travail et élévation de l'homme

Quelque choquante que soit pour notre sensibilité contemporaine la seconde lecture de ces

1. C'est le cas de Richard F. Thomas, *Virgil. Georgics*, vol. 1 et 2, Cambridge University Press, 1988. Le vers latin « [...] *abde domo, nec turpi ignosce senectæ* » est ambigu : il est possible de comprendre *abde domo* comme « cache-le chez toi » ou « cache-le hors de chez toi », et la négation *nec* peut porter sur *turpi* (« une

vers, il serait erroné de dire que le paysan virgilien est dépourvu de toute compassion. D'autres expressions témoignent en effet d'une sensibilité certaine envers les bêtes : ainsi la « sollicitude » envers le troupeau (I, p. 38), les « doux nourrissons » des génisses (III, p. 121), les « membres pitoyables » et les « âmes douces » des animaux injustement frappés par l'épizootie (III, p. 138) ou encore la « triste[sse] » du paysan qui perd une bête (III, p. 139). De plus, les commentateurs ont tous remarqué que Virgile s'ingénie à brouiller les frontières entre le monde des animaux et celui des hommes, en évoquant les premiers avec des expressions qui sont plus souvent employées pour les seconds. Ainsi, l'âge auquel une génisse peut être saillie par le mâle est « [l]'âge propice aux travaux de Lucine[1] et aux justes hymens » (III, p. 114), le mâle qui, chassé par plus puissant que lui, doit quitter le troupeau, est « éloigné du royaume où régnaient ses aïeux » (III, p. 123), et quand l'un des deux bœufs de labour est mort, le survivant a perdu « son frère » (III, p. 139). Rien n'est plus représentatif de ce brouillage que le long passage consacré à la puissance de l'Amour. Les vers qui l'introduisent montrent que les ravages causés par la fureur amoureuse sont les mêmes

---

vieillesse non déshonorante ») ou sur *ignosce* (« n'aie pas de pitié pour la vieillesse déshonorante »). **1.** La déesse des accouchements à Rome.

chez toutes les espèces : « Oui, toute la race sur terre et des hommes et des bêtes, ainsi que la race marine, les troupeaux, les oiseaux peints de mille couleurs, se ruent à ces furies et à ce feu » (III, p. 124). Mieux encore, quand il précise quels animaux sont touchés, Virgile mentionne successivement lions, ours, sangliers, tigres, chevaux, porcs, lynx et cerfs (III, p. 124-125), mais intercale entre les porcs et les lynx l'exemple de Léandre, le jeune homme qui, selon la légende, enflammé par son amour pour Héro, tenta de la rejoindre à la nage malgré la tempête qui faisait rage et se noya. L'homme, dans ces vers, n'est qu'un animal comme un autre, soumis comme les autres à la puissance impérieuse et irrésistible du désir. On ne saurait donc considérer la contrainte que le paysan fait peser sur ses animaux comme une preuve de mépris envers eux.

Du reste, cette contrainte qu'il impose à la nature est loin d'être négative. Virgile affirme en effet :

> [C]'est une loi du destin que tout périclite et aille rétrogradant. Tout de même que celui qui, à force de rames, pousse sa barque contre le courant, si par hasard ses bras se relâchent, l'esquif saisi par le courant l'entraîne à la dérive (I, p. 50).

Ainsi, la nature laissée à elle-même, sans le secours de l'homme, dégénère sans cesse et, par conséquent, les travaux agricoles lui sont profitables : le paysan « fait du bien aux guérets » en brisant avec la herse les mottes de terre, les rafraîchit par l'arrosage quand ils sont « altérés » (I, p. 44), ou bien apporte ses soins aux arbres qui « tous demandent à être dressés en pépinière et domptés à grands frais » (II, p. 76). Jackie Pigeaud, dans *L'Art et le Vivant*, n'hésite donc pas à dire que l'agriculteur est un être « nécessaire à la nature [1] ».

Joël Thomas va plus loin et commente une curieuse expression employée au livre II : Virgile recommande au paysan de « cuire la terre » (II, p. 89). On peut voir là une expression technique qui renvoie à « l'action du soleil qui chauffe et pulvérise la terre retournée [2] ». Mais, pour Thomas, l'expression « cuire la terre » exprime la « coction » de la vigne et du blé, certes sous l'action du soleil mais aussi « facilitée par le travail du paysan, qui ameublit la terre, enlève les mauvaises herbes [3] ». Il montre que l'homme fait ensuite subir au blé et au raisin une « mort symbolique » par le vannage et le pressage, afin de leur permettre une « résurrection sous une forme plus haute », en pain et en vin, laquelle ne sera possible,

---

1. Jackie Pigeaud, *L'Art et le Vivant*, Gallimard, « NRF Essais », 1985, p. 264. **2.** C'est le cas de l'édition des Belles Lettres (note au vers II, 260, qui renvoie à Columelle, *De l'agriculture*, XI, 3, 13). **3.** Joël Thomas, *Virgile. Bucoliques, Géorgiques*, *op. cit.*, p. 40-41.

là encore, que par l'intervention humaine (cuisson du pain dans un four, fermentation du moût dans un tonneau). Ainsi, conclut-il, « le travail humain a permis l'alchimie transformatrice du raisin en vin, du blé en pain [1] ». Sans nécessairement adhérer à l'analyse mystique qui est développée ensuite [2], on retient que le critique montre à quel point Virgile est sensible à l'aspect démiurgique du travail du paysan.

Au-delà même de la sphère agricole, c'est le travail des hommes qui a permis la création et le développement des « différents arts » :

> Alors, pour la première fois, les fleuves sentirent les troncs creusés des aunes ; alors le nocher dénombra et nomma les étoiles [...]. Alors on imagina de prendre aux lacs les bêtes sauvages, de tromper les oiseaux avec de la glu et d'entourer d'une meute les profondeurs des bois. L'un fouette déjà de l'épervier [3] le large fleuve, dont il gagne les eaux hautes ; l'autre traîne sur la mer ses chaluts humides. Alors on connaît le durcissement du fer et la lame de la scie aiguë (car les premiers hommes fendaient le bois avec des coins) [I, p. 46].

C'est donc poussé par le besoin et secondé par sa capacité de travail que l'homme a découvert la

---

1. *Ibid.*, p. 41. **2.** *Ibid.*, p. 43 : ce travail « affirme l'identité symbolique qu'il y avait entre ces nourritures de l'homme et l'homme lui-même : une constellation autour du principe de la mort et de la résurrection, par delà [*sic*] les apparences et les avatars de la "vie" et de la "mort", qui ne sont que les étapes d'une métamorphose plus globale ». **3.** Filet de pêche.

navigation, la cartographie, l'astronomie, les différentes techniques de chasse et de pêche, le travail du fer et du bois... Cet éloge de l'ingéniosité et de l'inventivité humaines, sources de dignité et de grandeur, n'est pas sans rappeler le passage que, dans *La Légende des Siècles*, Victor Hugo consacre à l'invention du dirigeable :

> Audace humaine ! effort du captif ! sainte rage !
> Effraction enfin plus forte que la cage !
> Que faut-il à cet être, atome au large front,
> Pour vaincre ce qui n'a ni fin, ni bord, ni fond,
> Pour dompter le vent, trombe, et l'écume,
> [avalanche ?
> Dans le ciel une toile et sur mer une planche [1].

Les deux poètes entonnent un hymne à l'intelligence et à l'audace de l'homme, au progrès vers lequel ont mené ses efforts et son travail [2]. Le paysan, à sa mesure, participe de ce grand mouvement ; il n'est dès lors nullement étonnant

1. Victor Hugo, « Plein ciel », in *La Légende des Siècles* [1859], v. 264-269, GF-Flammarion, t. II, p. 385. **2.** Une différence, pourtant, est essentielle entre les deux textes : pour Hugo, l'homme doit se libérer de sa condition, et son ingéniosité est aussi une forme de révolte envers son Créateur (« Qu'est-ce que ce navire impossible ? C'est l'homme./ C'est la grande révolte obéissante à Dieu ! », *ibid.*, v. 253-254 ; « Où donc s'arrêtera l'homme séditieux ? », *ibid.*, v. 454, p. 389) ; chez Virgile, au contraire, c'est Jupiter qui crée le besoin, précisément pour que l'homme puisse développer ses capacités (« son but était, en exerçant le besoin, de créer peu à peu les différents arts, de faire chercher dans les sillons l'herbe du blé et jaillir du sein du caillou le feu qu'il recèle », I, p. 45-46).

d'entendre Virgile affirmer que, si celui-ci cherche à tirer de son travail un certain profit [1], il peut aussi en attendre tout autre chose : « C'est un travail », dit-il ; « mais espérez-en de la gloire, courageux cultivateurs » (III, p. 127).

1. Virgile, *Les Géorgiques*, I, p. 41 : « La récolte ne comblera les vœux de l'avide laboureur que si elle a senti deux fois le soleil et deux fois les frimas : alors d'immenses moissons feront crouler ses greniers. »

I. Figure du paysan et figure du poète

Alors que ce sont le plus souvent les bergers des *Bucoliques* qui sont analysés comme une figure métaphorique du poète, Maëlys Blandenet a montré que la même assimilation peut être faite avec le paysan des *Géorgiques*[1]. Tout d'abord, comme on l'a vu, il arrive que Virgile se présente lui-même comme un paysan ; outre les exemples que nous avons cités, le cas est patent dans l'invocation à Bacchus qui ouvre le livre II, dans laquelle le poète se confond avec un vendangeur : « Viens ici, ô père Lénéen [...], et, détachant le cothurne de tes jambes nues, rougis-les avec moi dans le moût nouveau » (II, p. 73).

Le travail des paysans est une tâche ardue et difficile, mais le travail poétique, souvent désigné par le même terme *labor*, l'est tout autant. Quand, au livre II, Virgile sollicite Mécène, notre édition

1. Maëlys Blandenet, « Le poète paysan des *Géorgiques* : un homme de culture », *Bulletin de l'Association Guillaume Budé*, n° 2, 2007, p. 123-146 (article capital, dont nous reprenons ici la majorité des arguments).

traduit : « Et toi, viens à mon aide et parcours avec moi la carrière commencée [...], Mécène » (p. 75), mais c'est bien le terme *labor* qui est rendu par « carrière » ; au début du livre IV, s'apprêtant à parler des abeilles, le poète reconnaît que « [m]ince est le sujet » (IV, p. 145), mais, là encore, la formulation latine exacte est : « ce travail (*labor*) porte sur un sujet mince » ; plus loin, le poète annonce qu'il arrive bientôt « à la fin de [s]es peines » (IV, p. 151), et c'est toujours le même terme *labor* qui est employé, ici au pluriel, ce qui lui confère le sens plus péjoratif de « peines, épreuves ». Du reste, à la fin des *Géorgiques*, lorsqu'il rappelle le début de sa carrière, Virgile écrit :

> En ce temps-là, la douce Parthénope me nourrissait, moi, Virgile, florissant aux soins d'un obscur loisir, moi qui ai dit par jeu les chansons des bergers (IV, p. 177).

Le passé composé place à une époque désormais révolue le temps où, dans un « obscur loisir », il disait « par jeu » les chansons des bergers. Il y a donc la même différence entre le poète des *Géorgiques* et celui des *Bucoliques* qu'entre les paysans des *Géorgiques* et les bergers des *Bucoliques* : tous ont renoncé au jeu pour s'occuper désormais de tâches « sérieuses ».

Sans doute l'assimilation entre le paysan et le poète est-elle facilitée par le fait que certains termes de la langue latine s'emploient dans des contextes à la fois agricole et littéraire. On songe au mot *versus*, qui signifie aussi bien « la ligne d'écriture, le vers » que « le sillon que trace l'agriculteur », mais aussi au terme *cultus* qui, comme le français « culture », désigne l'« ensemble des travaux et techniques mis en œuvre pour traiter la terre et pour en tirer des produits de consommation » en même temps que l'« ensemble des moyens mis en œuvre par l'homme pour augmenter ses connaissances, développer et améliorer les facultés de son esprit, notamment le jugement et le goût » [1]. Le paysan, par la contrainte qu'il exerce sur elle, s'emploie à « apprivoiser et adoucir la nature afin de la rendre plus favorable à l'homme [2] » ; le poète, par son œuvre, éduque le paysan, et plus largement la société dans son ensemble, en lui montrant les vertus de la vie paysanne dont, dans le livre II, il donne une image très idéalisée :

> Ô trop fortunés, s'ils connaissaient leurs biens, les cultivateurs ! […] Là où ils vivent sont les fourrés et les repaires des bêtes sauvages, une jeunesse dure aux travaux et habituée à peu, le culte des dieux et le respect des pères […]. Le laboureur fend la terre de son areau incurvé : c'est de là que découle le labeur de l'année ; c'est par là qu'il sustente sa patrie et ses petits-enfants, ses troupeaux

1. Définitions du Centre national de ressources textuelles et lexicales (www.cnrtl.fr). **2.** Maëlys Blandenet, « Le poète paysan des *Géorgiques* : un homme de culture », art. cité, p. 140.

> de bœufs et ses jeunes taureaux qui l'ont bien mérité. [...] Cependant ses enfants câlins suspendus à son cou se disputent ses baisers ; sa chaste demeure observe la pudicité (II, p. 99-104).

Virgile se fait ici moraliste, et sa description des paysans, humbles, courageux, frugaux, respectueux, ressemble à celle que donnait Salluste des Romains des débuts de la République, avant que l'argent des conquêtes ne vienne tout pervertir [1].

II. Le *labor* poétique

Le travail poétique auquel se livre Virgile consiste d'abord en une réélaboration des sources. Rédigeant un ouvrage sur l'agriculture, il s'est beaucoup inspiré de Varron, qui venait de publier son *Économie rurale*. Il imite [2] son prédécesseur en de nombreux passages des *Géorgiques*, mais en le dépassant, en l'amplifiant, en le « poétisant », comme on peut le voir, par exemple, en confrontant ces deux passages :

> De quelle qualité sera le cheval, il est possible de le savoir en regardant le poulain : c'est si celui-ci a

1. Salluste, *Conjuration de Catilina*, 9. **2.** Toute la littérature antique se construit sur le principe de l'*imitatio*. Il ne s'agit en aucun cas de plagiat, car il est attendu qu'un auteur antique s'inspire de l'un de ses prédécesseurs, et la reconnaissance de la source fait partie des plaisirs littéraires du public.

la tête petite, les membres bien attachés, les yeux noirs, les naseaux larges, les oreilles solidement plantées sur la tête, la crinière importante, sombre, un peu frisée, faite d'un crin fin, et si cette crinière tombe du côté droit de l'encolure, s'il a encore un poitrail large et plein, les épaules solides, un ventre mince, les reins resserrés en bas, l'épine dorsale double, la queue fournie et un peu frisée, les jambes bien droites et de même longueur, les genoux arrondis, la corne dure. […] C'est le signe qu'il deviendra un bon cheval si, alors qu'il se trouve dans les prés avec ses congénères, il s'efforce d'être meilleur qu'eux, à la course ou dans quelque autre activité ; ou bien si, quand le troupeau doit traverser un fleuve, il s'avance en premier et ne regarde pas les autres derrière lui [1].

D'abord, le poulain de bonne race s'avance dans les guérets la tête haute et a des jarrets souples. Il est le premier à se mettre en route, à affronter des fleuves menaçants, à se risquer sur un pont inconnu, et il ne s'effraie point des vains bruits. Il a l'encolure haute, la tête effilée, le ventre court, la croupe rebondie, et son ardent poitrail fait ressortir ses muscles. […] Puis, si au loin retentit le bruit des armes, il ne peut tenir en place, il dresse les oreilles, tressaille de tous ses membres, et roule en frémissant le feu qui s'est amassé dans ses naseaux. Sa crinière est épaisse, et retombe à chaque mouvement sur son épaule droite. Son épine dorsale court

1. Varron, *Économie rurale*, II, 7 ; nous traduisons.

> double le long des reins ; son sabot creuse la terre, qui résonne profondément sous sa corne solide. Tel Cyllare dompté par les rênes de Pollux d'Amyclée, et tels, célébrés par le poète grec, les chevaux de Mars attelés deux par deux et ceux qui traînaient le char du grand Achille ; tel aussi, à l'arrivée de son épouse, Saturne lui-même, d'un bond, répandit sa crinière sur un cou de cheval et, dans sa fuite, emplit le haut Pélion d'un hennissement aigu (III, p. 115-116).

Tout en citant globalement les mêmes critères de détermination, Virgile présente les choses de façon beaucoup plus vivante, en mêlant éléments purement descriptifs et vignettes dans lesquelles le poulain est saisi en mouvement. Il insiste aussi davantage sur le « courage » du jeune animal : Varron parle de « traverser » les fleuves, Virgile de les « affronter » alors qu'ils sont « menaçants » et de se « risquer sur un pont inconnu », ce qui est un ajout, tout comme l'évocation du « bruit des armes », qui ne doit pas arrêter le poulain mais au contraire l'exciter. Surtout, il clôt ce passage « technique » sur une comparaison poétique entre le bon cheval et des chevaux épiques. On est ici aux antipodes des conseils pratiques donnés par Varron. Il s'agit d'un passage purement ornemental, dans lequel Virgile prend plaisir à jouer avec les codes littéraires : en effet, il pratique l'allusion (l'histoire de Saturne est peu explicite), la précision culturelle (Pollux d'Amyclée), la périphrase

(« le poète grec » pour désigner Homère) et la référence implicite (aux œuvres de la littérature gréco-latine dans lesquelles on trouve ces légendes), toutes techniques chères à la littérature alexandrine[1] – dont se réclamaient non pas *Les Géorgiques* mais *Les Bucoliques* – et *a priori* peu adaptées à un ouvrage qui se veut didactique et se présente comme un manuel d'agriculture.

Par rapport au texte de Varron, Virgile pratique aussi l'amplification géographique. L'agronome, qui donnait des conseils aux paysans italiens, n'évoquait que l'Italie ; alors qu'il poursuit officiellement le même but, Virgile ouvre au contraire son œuvre sur l'ensemble de l'univers. L'éloge de l'Italie, qui occupe une quarantaine de vers dans le livre II, est dès l'abord présenté dans une comparaison avec d'autres régions du monde :

> Mais ni la terre des Mèdes, si riche en forêts, ni le beau Gange, ni l'Hermus dont l'or trouble les eaux ne sauraient le disputer en louanges à l'Italie ; non plus que Bactres ni l'Inde ni la Panchaïe, toute couverte de sables riches d'encens (II, p. 81).

Le phénomène s'accentue encore dans le livre III où figure un très grand nombre de noms propres : Amphryse, Lycée, Aonie, Alphée, Paros, Cithéron, Taygète, Épidaure, Pélion, Péléthronium, Épire, Mycènes, Olympe, Parnasse, Castalie, Idumée, Tyr,

1. Sur l'alexandrinisme, dont Pollion était fort amateur, voir Présentation, p. 17.

Nil, Asie, Libye, Gargare, Cinyps, Hibérie, Rhodope, Scythie, Norique… Quel est donc le but de cette promenade géographique, de cette liste de régions dont le nombre donne le tournis ? Pour Muriel Lafond, l'enjeu est politique : « Toutes ces régions, dit-elle, ont fait l'objet de campagnes militaires d'Octave, de négociations avec des ambassadeurs ou de projets d'expédition finalement avortés […]. Le but est de souligner l'étendue des conquêtes de César qui, en étendant l'empire, stabilise la puissance de Rome [1]. » On peut aussi y voir un enjeu plus proprement littéraire, ressortissant donc davantage du « travail » du poète. Pierre Grimal suggère ainsi que Virgile admire moins la vie des bergers que celle des cultivateurs et qu'il a de ce fait ressenti le besoin de magnifier le sujet de son livre III par le recours « aux prestiges de la légende et de l'exotisme [2] ».

En effet, c'est bien l'élévation et l'ennoblissement de son sujet que vise le poète, dont l'écriture est marquée par un goût de l'épique qui se manifeste de diverses manières. Il use d'abord de comparaisons et de métaphores qui rapprochent le

1. Muriel Lafond, *Les Géorgiques, Livres III-IV*, in M. Lafond et J.-P. De Giorgio, *Silves latines 2014-2015*, *op. cit.*, p. 150.
2. Pierre Grimal, *Virgile ou la Seconde Naissance de Rome* [1985], Arthaud, 1989, p. 142 : « Tandis que la culture attentive des champs rentre dans le processus d'évolution qui, par l'ascèse qu'elle impose, conduit l'esprit humain vers la sagesse et, d'abord, une prise de conscience plus claire de sa condition, l'élevage, avec le nomadisme qu'il permet, constitue comme un recul dans l'histoire des hommes. »

monde agricole du monde militaire mis en scène par l'épopée : le paysan, tel un général, fait par exemple « une guerre assidue aux mauvaises herbes » (I, p. 47), tandis que les vignes, installées en rangées symétriques, sont comparées à des armées romaines :

> Telle, au cours d'une grande guerre, on voit souvent la légion déployer au loin ses cohortes, l'armée faire halte dans une plaine découverte, les fronts de bataille s'aligner, et toute la terre au loin ondoyer sous l'éclat de l'airain (II, p. 90).

Le poète utilise aussi ce qui est, depuis Homère et son catalogue des vaisseaux grecs au chant II de l'*Iliade*[1], un « marqueur » fort du style épique : le procédé de la liste. On trouve dans *Les Géorgiques*, par exemple, une liste des vignobles (II, p. 78-79) ou des différentes essences de bois (II, p. 79-80) ; on trouve aussi – et le lien avec l'épopée n'en est que plus fort – une liste des instruments utiles au paysan, introduite par l'expression : « Il nous faut dire maintenant quelles sont les *armes* propres aux rudes campagnards » (I, p. 47 ; nous soulignons). On relève également des passages qui, par leur thématique et leur style, appartiennent au genre de l'épopée plus qu'à tout autre. C'est par exemple le cas de la description des tempêtes qui risquent de détruire les moissons du paysan, faite

1. Homère, *Iliade*, chant II, v. 484-780, trad. E. Lasserre, GF-Flammarion, p. 50-56.

avec un souffle et une ampleur qui tranchent sur les conseils techniques et pratiques qui la précèdent et la suivent :

> [J]'ai vu moi-même tous les vents se livrer des combats si terribles qu'ils déracinaient et faisaient voler au loin dans les airs la lourde moisson, et l'ouragan emporter alors dans un noir tourbillon le chaume léger et les feuilles volantes. Souvent aussi une immense traînée d'eaux s'avance dans le ciel et un cortège de nuées venu de la haute mer recèle l'affreuse tempête aux sombres pluies ; le haut éther fond, et noie dans un déluge énorme les riches semailles et les travaux des bœufs (I, p. 57).

Rappelant les tempêtes qu'Ulysse doit affronter dans l'*Odyssée*, le passage se signale par ses épithètes homériques, par l'usage des métaphores et le grandissement propres à l'épopée.

Tout aussi importants sont les phénomènes d'intertextualité épique. S'ils sont attendus dans certains *excursus* (le combat d'Aristée et de Protée [IV, p. 170] rappelle sans surprise la capture du même Protée par Ménélas au chant IV de l'*Odyssée* [1]), ils sont évidemment plus surprenants, et donc plus intéressants, dans les passages techniques. Ainsi, parmi les moyens de reconnaître un bon cheval, Virgile indique entre autres le désir « d'avoir la palme », et cette évocation de l'esprit

1. V. 383-570.

de compétition du cheval amène un développement autonome sur les courses de char :

> Ne le vois-tu pas, quand précipités à l'envi dans la plaine les chars dévorent l'espace et se ruent hors de la barrière, quand l'espoir tend les jeunes gens et que les pulsations de la peur font battre leurs cœurs palpitants ? Ils enlèvent leur attelage d'un coup de fouet, et, penchés en avant, lâchent les guides ; l'essieu vole enflammé de l'effort ; ils semblent tantôt se baisser, tantôt se dresser dans l'espace, emportés par le vide de l'air, et monter à l'assaut des brises. Point de trêve, point de relâche ! Un nuage de poussière fauve s'élève ; ils sont mouillés de l'écume et du souffle de ceux qui les suivent : tant l'amour de la gloire est grand, tant ils ont la victoire à cœur ! (III, p. 117.)

Ce passage est inspiré de la description de la course de chars organisée à l'occasion des funérailles de Patrocle au chant XXIII de l'*Iliade* :

> Tous, alors, sur les chevaux levèrent le fouet, les frappèrent de leur lanière, les excitèrent de la voix, d'un élan ; et eux, vite, parcouraient la plaine, loin des vaisseaux, rapidement. Sous leur poitrail, la poussière se dressait, soulevée, comme un nuage ou un tourbillon ; et leurs crinières flottaient au souffle du vent. Les chars tantôt s'abaissaient vers la terre nourricière, tantôt bondissaient en l'air. Leurs conducteurs étaient debout dans la caisse, et le cœur de chacun palpitait du désir de la victoire ; ils

excitaient chacun leurs chevaux, qui volaient dans la poussière, par la plaine [1].

À peu près inutile au propos principal, ce développement, stylistiquement très travaillé en latin, est un véritable « morceau de bravoure » épique inséré dans le texte didactique.

Ainsi, on comprend que le travail du poète, comme celui du paysan, est difficile. L'un doit composer avec une nature hostile qu'il doit maîtriser, l'autre avec un sujet technique qu'il doit élever aux hauteurs de la poésie. Richard F. Thomas, qui a consacré un article entier sur l'analyse des transformations que Virgile fait subir aux sources agronomiques qu'il a utilisées, affirme que la principale question qui se pose à propos des *Géorgiques* est la suivante : comment, avec de telles sources, Virgile a-t-il écrit une œuvre qui a pu être parfois jugée comme son plus beau poème [2] ? Même s'il y a là une part de provocation (*Les Géorgiques* soulèvent de nombreuses autres questions), Thomas a raison d'insister sur la qualité littéraire de cette œuvre, laquelle apporte assurément au poète la « gloire » que son travail apporte aussi au paysan. Virgile affirme en effet, au début du livre IV, que si les abeilles sont un

1. Homère, *Iliade*, chant XXIII, v. 362-372, éd. citée, p. 385.
2. Richard F. Thomas, « Prose into poetry : Tradition and meaning », *Vergil's Georgics. Oxford Readings in Classical Studies*, *op. cit.*, p. 43-80. Cette opinion est celle de John Dryden, dans la traduction des *Géorgiques* qu'il donna à la fin du XVIIe siècle.

« mince sujet » il pourra néanmoins en tirer une « non mince [...] gloire, si des divinités jalouses laissent le poète chanter et si Apollon exauce ses vœux » (IV, p. 145). Surtout, dans les premiers vers du livre III, évoquant la nouvelle route poétique qu'il s'apprête à tenter, il indique clairement qu'il a l'intention de « [s']élancer loin de la terre et voir [s]on nom vainqueur voler de bouche en bouche » (III, p. 110) : l'élévation au-dessus du sol métaphorise la gloire, tandis que la seconde partie de l'expression, empruntée à l'épitaphe du poète épique Ennius, dit toute son ambition.

3 — *La question des* excursus *et le sens des* Géorgiques

Si certains passages, comme la description des tempêtes ou celle des courses de chars, sont développés pour eux-mêmes, la chose est plus frappante encore pour quelques longs morceaux qui apparaissent comme de véritables *excursus*, des digressions dont le lien avec l'ensemble de l'œuvre est parfois malaisé à déterminer et qui soulignent, pour certains d'entre eux, le sens souvent ambivalent des *Géorgiques*.

I. *LES GÉORGIQUES* : UNE ŒUVRE OPTIMISTE

Les partisans d'une analyse « optimiste » des *Géorgiques* y voient une œuvre qui affirme que, malgré les difficultés, l'homme a les moyens de se forger un monde dans lequel il peut vivre heureux et en paix. Le travail, on l'a vu, est l'une des conditions de l'avènement de ce monde ; la piété en est une autre, et Octave Auguste apparaît comme le garant de cet avènement.

A. Le motif de la piété

Les Géorgiques proposent un éloge du travail civilisateur et facteur de l'élévation de l'homme, mais la piété y est aussi présentée comme nécessaire à l'humanité. Virgile conseille aux hommes d'honorer les divinités et les invoque lui-même à plusieurs reprises, dans des passages qui sont l'occasion de petits développements emplis de religiosité. Au livre I, après avoir exhorté les paysans à « honore[r] les dieux, et [à offrir] à la grande Cérès un sacrifice annuel », il détaille les rites qu'il convient d'accomplir (p. 58) ; le début du livre II est un hymne à Bacchus, sous la protection duquel se trouvent « les plants des forêts et les fruits de l'olivier si lent à croître » et en l'honneur duquel, tout « alourdi des pampres de l'automne le champ s'empourpre » (p. 73) ; le livre III commence par un hommage à Apollon en tant que berger des troupeaux du roi Admète, et à Palès, la déesse des troupeaux (p. 109), dont l'aide est redemandée au milieu du livre, lorsque Virgile aborde le sujet des chèvres et des moutons (« C'est maintenant, vénérable Palès, maintenant qu'il faut chanter d'une voix forte », p. 127).

Par ces évocations des divinités, Virgile prend ses distances avec l'épicurisme et avec Lucrèce, dont il est pourtant proche en bien des points, telle la description de l'épizootie du Norique[1].

1. Voir *infra*, p. 224.

Mais Lucrèce enseigne à l'homme les secrets de la nature afin de lui montrer que les dieux ne se soucient pas de lui et il veut le mettre en garde contre les méfaits souvent engendrés par la religion [1]. Virgile, au contraire, après avoir comme lui chanté le bonheur de l'homme « qui a pu connaître les causes des choses et qui a mis sous ses pieds toutes les craintes, et l'inexorable destin, et le bruit de l'avare Achéron ! », ajoute : « Mais fortuné aussi celui qui connaît les dieux champêtres, et Pan, et le vieux Silvain, et les Nymphes sœurs ! » (II, p. 102). La piété est donc l'une des conditions du bonheur, et l'accomplissement scrupuleux des rituels permet de se concilier les dieux et d'espérer en l'avènement d'un monde propice à l'homme. C'est ce que montre l'histoire d'Aristée ; c'est ce que montrera, dans l'*Énéide*, le destin du « pieux Énée » (*pius Æneas*).

B. Mécène et Octave Auguste

Aussi nombreuses que les invocations aux divinités, les mentions de Mécène et d'Octave sont réparties dans l'ensemble des quatre livres : dédicace du poème à Mécène au début du livre I (p. 37) et appel aux dieux pour qu'ils soutiennent

1. Après avoir rapporté l'histoire d'Iphigénie, Lucrèce s'exclame au chant I, v. 101, de *De la nature des choses* : « Tant la religion a pu conseiller de crimes ! » (*Tantum religio potuit suadere malorum !* ; nous traduisons).

le « jeune héros » (Octave) à la fin de ce même livre (p. 68) ; demande d'aide à Mécène pour parcourir « la carrière commencée » au livre II (p. 75) ; évocation du temple glorieux au centre duquel figurera la statue d'Octave au début du livre III (p. 110) ; nouvel appel à Mécène au début du livre IV (p. 145) et évocation des victoires d'Octave à la fin (p. 177).

Comment expliquer la présence de ces deux figures du pouvoir dans un ouvrage sur l'agriculture ? Virgile rappelle au livre III les *haud mollia iussa* de Mécène ; cette expression a donné lieu à des interprétations diverses : « ordres donnés fermement », « injonctions rudes » ou encore ordres « pas faciles à exécuter », comme dans notre édition (p. 113). Dans tous les cas, le poète se présente comme écrivant *Les Géorgiques* (ou du moins leur deuxième partie) sur instruction de ce proche d'Octave. Cela peut être choquant à nos yeux de modernes, mais il est indéniable que le poète s'engage dans la voie de l'éloge du futur empereur, qu'il poursuivra et amplifiera dans l'*Énéide*. *Les Géorgiques* s'ouvrent en effet, ou quasiment, sur l'évocation de la divinisation à venir du vainqueur d'Actium. Après avoir invoqué les principaux dieux champêtres, ce qui était attendu au début d'un ouvrage consacré à l'agriculture, Virgile poursuit :

> Et toi enfin, qui dois un jour prendre place dans les conseils des dieux à un titre qu'on ignore, […]

> donne-moi une course facile, et favorise mes hardies entreprises, et, sensible comme moi aux misères des campagnards qui ne savent pas leur route, avance et accoutume-toi, dès maintenant, à être invoqué par des vœux (I, p. 40).

On ne saurait annoncer avec plus de certitude qu'Octave est appelé à devenir un dieu. Cette forte présence du politique et cet éloge d'Octave s'expliquent parce que Virgile voit en lui, après la bataille d'Actium (31 av. J.-C.), le restaurateur de la paix du monde. Le livre I des *Géorgiques* se termine sur les présages qui ont annoncé la mort de César (p. 65-66), sur l'évocation de la bataille de Philippes [1] et sur les terribles menaces planant sur Rome et le monde entier avec elle :

> Ainsi Philippes a-t-il vu pour la seconde fois les armées romaines s'affronter avec les mêmes armes, et les dieux d'en haut ne s'indignèrent pas de voir l'Émathie et les larges plaines de l'Hémus s'engraisser deux fois de notre sang. [...] D'un côté l'Euphrate, de l'autre la Germanie fomentent la guerre ; des villes voisines, rompant les traités qui les lient, prennent les armes ; Mars impie sévit dans tout l'univers (I, p. 68-69).

1. La bataille de Philippes opposa les héritiers de César à ses assassins. Conformément à la propagande octavienne, Virgile la présente comme la dernière guerre civile (puisque la bataille d'Actium mit fin à une guerre officiellement déclarée à l'Égypte de Cléopâtre).

Le livre IV se clôt au contraire sur la figure du « grand César » (Octave) qui, tel Jupiter, « lanc[e] ses foudres guerrières contre l'Euphrate profond, et, vainqueur, donn[e] des lois aux peuples soumis, et se fray[e] un chemin vers l'Olympe » (p. 177). Comme le dit Marie Ledentu, « [d]ans l'enchaînement de ses chants, le poète juxtapose deux perspectives de l'histoire romaine récente : l'une est nécessairement pessimiste, c'est la perspective pré-actienne [1] ; l'autre est inévitablement plus optimiste, c'est la perspective post-actienne [2] » : pour Virgile, Octave a sauvé le monde et lui a donné la paix. Certains commentateurs vont même jusqu'à voir dans l'histoire d'Aristée une allégorie de sa victoire à Actium : la « bougonie » (la renaissance des abeilles d'Aristée à partir des cadavres de taureaux en décomposition, IV, p. 176) décrirait symboliquement la renaissance de Rome après les horreurs des guerres civiles [3].

C. Le vieillard de Tarente

De ce que peut être une vie paisible dans un monde en paix, l'*excursus* du livre IV consacré au

1. Comprendre : avant la bataille d'Actium. **2.** Marie Ledentu, « *Labor* poétique et *res gestæ Cæsaris* : poésie et refondation dans les *Géorgiques* », *Vita Latina*, n° 189-190, 2014, p. 75. **3.** Morgan Llewelyn, *Patterns of Redemption in Virgil's Georgics*, Cambridge University Press, 1999 : « Virgile présente la guerre civile comme une dissolution catastrophique du *cosmos* […] mais néanmoins

vieillard de Tarente (p. 152-153) donne une bonne idée. Ce vieillard vit dans un jardin où tout est « fécond » : les abeilles y abondent et donnent un miel à foison, les tilleuls, les lauriers-tins et tous les arbres s'y couvrent de fleurs puis de fruits. On pourrait songer que Virgile livre ici une nouvelle description de l'âge d'or, mais il existe une différence essentielle entre le jardin de ce paysan et la terre du premier âge : il s'agit de « quelques arpents d'un terrain abandonné et dont le sol n'était ni docile aux bœufs de labour, ni favorable au bétail, ni propice à Bacchus » (p. 152). Or c'est bien cet environnement hostile que le vieillard a réussi à rendre fertile à force de travail, n'hésitant pas à rentrer tard au logis, à travailler dans le froid de l'hiver et à transplanter ses arbres. Récompensé de ses soins et de son activité par une belle production, le vieillard sait aussi s'en contenter et, chargeant le soir sa table « de mets qu'il n'avait point achetés » (*ibid.*), se considère aussi heureux qu'un roi. Éloge conjoint du travail et de la simplicité, cet *excursus* a donc toute sa place dans *Les Géorgiques*.

Le vieillard de Tarente semble être l'ancêtre du jardinier musulman que Candide rencontre à la fin du conte de Voltaire. Ce vieillard, qui ne va à Constantinople que pour « vendre les fruits du

---

comme une destruction qui est un pré-requis nécessaire pour la restauration de l'ordre du monde » (p. 107 ; nous traduisons).

jardin qu'[il]cultive », invite Candide et Pangloss chez lui et leur offre plusieurs sortes de sorbets et diverses variétés de fruits :

> « Vous devez avoir, dit Candide au Turc, une vaste et magnifique terre ? – Je n'ai que vingt arpents, répondit le Turc ; je les cultive avec mes enfants ; le travail éloigne de nous trois grands maux : l'ennui, le vice et le besoin. »
>
> Candide, en retournant dans sa métairie, fit de profondes réflexions sur le discours du Turc. Il dit à Pangloss et à Martin : « Ce bon vieillard me paraît s'être fait un sort bien préférable à celui des six rois avec qui nous avons eu l'honneur de souper. – Les grandeurs, dit Pangloss, sont fort dangereuses, selon le rapport de tous les philosophes [...]. – Je sais aussi, dit Candide, qu'il faut cultiver notre jardin [1]. »

Il appartient aux hommes, effectivement, de cultiver leur jardin, de faire prospérer leur terre, d'y travailler pour le progrès : c'était aussi, sans doute, la leçon de Virgile, qui pense que cette morale est possible dans un monde pacifié par Octave.

D. La cité des abeilles

D'une certaine manière, on peut considérer qu'un autre modèle de ce qu'est une vie idéale

---

1. Voltaire, *Candide ou l'Optimisme* [1759], GF-Flammarion, chap. XXX, p. 139-140.

dans une société idéale est fourni par la description du monde des abeilles. Il faut d'abord noter que Virgile décrit ce monde comme une société humaine, ce que souligne le vocabulaire qu'il emploie : ainsi, l'apiculteur doit installer pour elles « un séjour et une habitation » (IV, p. 145), où leur « vestibule » sera ombragé (IV, p. 146) ; le poète évoque « leurs demeures », « leur lare » [1] (IV, p. 147) et leur « berceau » (IV, p. 148), le « prétoire [2] » devant lequel elles se rassemblent en cas de combat, des « portes » de la ruche qu'elles franchissent (IV, p. 149) ; elles sont présentées comme « les sujets » de leur roi (IV, p. 150), qui vivent « sous de puissantes lois » (IV, p. 154). Virgile va même jusqu'à les évoquer avec le terme de « Quirites » (IV, p. 157), qui désigne les citoyens romains de vieille souche.

Les abeilles seraient donc présentées comme un double du peuple romain, peut-être un peuple romain idéalisé, si l'on considère les vertus que Virgile leur attribue, dont deux sont particulièrement développées. Les abeilles sont tout d'abord d'infatigables travailleuses : dès « [l]e matin, elles se ruent hors des portes [de la ruche] ; aucune ne reste en arrière » (IV, p. 156). Puis, après une longue journée de travail, « un sommeil bien gagné s'empare de leurs membres las » (*ibid.*).

1. Dans la religion romaine, l'esprit tutélaire chargé de protéger un foyer. **2.** Tente d'un général.

Dans la ruche, le travail est intense et les tâches sont rationnellement distribuées, selon les capacités de chacune :

> Les unes, en effet, veillent à la subsistance, et, fidèles au pacte conclu, se démènent dans les champs ; les autres, restées dans les enceintes de leurs demeures, emploient la larme du narcisse et la gomme gluante de l'écorce pour jeter les premières assises des rayons [...]. Les plus vieilles sont chargées du soin de la place, de construire les rayons, de façonner les logis dignes de Dédale ; les plus jeunes rentrent fatiguées, à la nuit close, les pattes pleines de thym (IV, p. 154-155).

Aucune, jamais, ne reste donc oisive. Même le mode de prorogation de l'espèce découle, chez les abeilles, non d'une reproduction sexuée, mais d'une forme de *labor* : en effet, elles « ne se laissent pas aller à l'accouplement », mais « recueillent » avec leur trompe, dans les plantes, les nouveau-nés, puis « refaçonnent leurs cours et leurs royaumes de cire », afin que « la fortune de la famille subsiste pendant nombre d'années » (IV, p. 156-157). Et leur passion du travail va si loin qu'elles n'hésitent pas à se mettre en danger, se brisant les ailes sur des pierres ou succombant sous le poids de ce qu'elles transportent. Virgile s'exclame donc : « tant elles aiment les fleurs et sont glorieuses de produire leur miel » (IV, p. 155), vers dans lequel on n'est pas surpris de retrouver le motif de la gloire, déjà vu à propos du paysan ou du poète.

À cet amour du travail s'ajoute un patriotisme total : non seulement les abeilles vivent toutes pour la collectivité, en mettant « en commun les trésors amassés » au cours de leur vol diurne (IV, p. 154), mais elles montrent un dévouement entier à leur roi, qui assure la cohésion de leur société [1] et pour lequel elles sont prêtes à se sacrifier :

> C'est lui qui surveille leurs travaux ; lui qu'elles admirent, qu'elles entourent d'un épais murmure, qu'elles escortent en grand nombre ; souvent même elles l'élèvent sur leurs épaules, lui font un bouclier de leurs corps à la guerre et s'exposent aux blessures pour trouver devant lui une belle mort (IV, p. 157).

On retrouve donc dans la société des abeilles nombre de valeurs romaines : héroïsme, sacrifice de soi, gloire attachée à une belle mort. Par ailleurs, le goût du travail, le courage, la concorde, qui sont les qualités des abeilles, étaient aussi celles qu'Octave affirmait vouloir faire retrouver à ses contemporains, et il est par conséquent tentant de penser que *Les Géorgiques* proposent une analogie entre lui et le roi des abeilles, et que leur société représente un idéal à atteindre.

---

1. « Tant que ce roi est sauf, elles n'ont toutes qu'une seule âme » (*Les Géorgiques*, IV, p. 157).

II. Vers une autre lecture des *Géorgiques*

Comme toute grande œuvre, *Les Géorgiques* sont ce qu'Umberto Eco appelait « une œuvre ouverte[1] », c'est-à-dire qui ne peut pas être réduite à une seule interprétation. Si nous avons jusqu'à présent évoqué les analyses optimistes qui en ont été proposées, bien des chercheurs jugent au contraire *Les Géorgiques* plus pessimistes qu'il n'y paraît.

A. Des fléaux invincibles

Le travail acharné du paysan, comme nous l'avons dit, est supposé lui permettre de contraindre et de domestiquer la nature. Virgile montre pourtant que parfois, quels que soient les efforts déployés, ils sont insuffisants. Cela est vrai pour les tempêtes qui ravagent les récoltes pourtant surveillées avec soin (I, p. 57-61). Cela est vrai, surtout, pour ce qui apparaît comme deux grands fléaux dans *Les Géorgiques* : l'amour et la maladie.

Le premier est certes surprenant : l'amour, principe de génération permettant la survie de l'espèce, est souvent glorifié dans la littérature

1. Umberto Eco, *L'Œuvre ouverte*, trad. C. Roux de Bézieux, Seuil, 1965.

antique. C'est le cas dans le fameux *Hymne à Vénus* qui ouvre le premier livre du poème de Lucrèce :

> Mère d'Énée et de ses descendants, plaisir des hommes et des dieux, Vénus nourricière, toi qui es sans cesse présente, sous les étoiles errant dans le ciel, dans la mer porteuse de nefs, sur les terres que couvrent les moissons, puisque c'est grâce à toi que toutes les espèces d'êtres vivants sont conçus et découvrent, une fois nés, la lumière du soleil ; c'est toi, Déesse, que fuient les vents et à ton approche fuient aussi les nuées du ciel, c'est pour toi que la terre industrieuse fait croître les douces fleurs, c'est pour toi que sourient les plaines marines et que brille d'une lumière épanouie le ciel apaisé. [...] Puisque tu gouvernes seule la nature des choses, que sans toi rien ne naît aux rives divines de la lumière et que rien ne se fait de joyeux ni d'aimable, c'est toi à qui je demande de me soutenir alors que j'écris ces vers que je m'efforce de composer sur la nature des choses [1].

Cette caractéristique de l'amour n'est pas totalement absente des *Géorgiques*, puisque le poète aborde au livre III la question de la reproduction des animaux (p. 114-118), mais le ton n'est pas le même : loin de toute exaltation, la seule considération de Virgile est l'utilité du désir sexuel [2].

1. Lucrèce, *De la nature des choses*, I, 1-25 ; nous traduisons.
2. Par exemple, la vache la plus adaptée à la reproduction est celle qui a « le regard [...] torve, la tête laide, l'encolure très forte »

Surtout, contrairement à Lucrèce, il insiste sur les ravages causés par la puissance de ce désir :

> Oui, toute la race sur terre et des hommes et des bêtes, ainsi que la race marine, les troupeaux, les oiseaux peints de mille couleurs se ruent à ces furies et à ce feu : l'amour est le même pour tous (III, p. 124).

Les termes « se ruer » et surtout « furies » sont très forts. Le mot *furiæ*, qui signifie « le délire, l'égarement furieux », est une antonomase : les *Furiæ* sont des divinités sauvages qui tourmentent les humains de leur fouet, comme les Érinyes grecques dont elles sont l'équivalent. Virgile décrit les attitudes agressives auxquelles le désir amène les animaux, en multipliant le champ lexical de la violence (« cruelle », « carnage », « féroce », « mauvaise », III, p. 124 ; « violente, combats, fureur », III, p. 125) ; quant aux hommes (en l'occurrence Léandre), sous la même pulsion, ils vont sans réfléchir à une mort certaine. Mais c'est surtout la « furie » des juments qui est décrite : chez elles, le désir est une force incontrôlable et irrépressible, métaphorisée par la « flamme [qui] s'est allumée dans leurs moelles avides », qui les pousse à s'enfuir du pacage habituel et à passer fleuves et montagnes au mépris des dangers (III, p. 126) ; engrossées par les vents (selon la croyance

---

(*Les Géorgiques*, III, p. 114) : on est bien loin de toute idée de plaisir.

antique), elles se dirigent vers les plus dangereux, Borée, le Caurus ou l'Auster « si noir, qui attriste le ciel de sa pluie froide » (III, p. 126), image des ravages que cause l'amour. Comme elles, les chevaux franchissent les ravins et la barrière des fleuves, fussent-ils gros de crue et, surtout, « ni les freins des hommes, ni les fouets cruels » ne peuvent les arrêter (III, p. 124) : c'est dire que tout le dressage et toute l'action humaine sont rendus inutile et n'ont aucun poids devant la puissance terrible de la pulsion sexuelle.

Le second fléau des *Géorgiques*, plus attendu, consiste dans les maladies. On note d'ailleurs un lien entre les deux fléaux, souligné par le vocabulaire : formé sur le substantif *furiæ*, le verbe *furere* (« exercer, déployer sa fureur, être pris de délire ») est employé à la fois à propos du vieux cheval qui, trop âgé pour saillir une jument, « déploie une fureur stérile » (III, p. 116) et pour la douleur qui « exerce sa fureur » sur la brebis malade (III, p. 136). Virgile évoque un certain nombre de maladies du bétail contre lesquelles l'éleveur est appelé à prendre des mesures. Mais, surtout, le livre III se termine sur le terrifiant tableau de l'épizootie du Norique (p. 137 *sq.*) [1].

---

1. Ce passage est imité de la description que Lucrèce avait donnée de la peste d'Athènes (*De la nature des choses*, VI, v. 1138-1286) en s'inspirant de l'historien grec Thucydide (*La Guerre du Péloponnèse*, II, 47).

Virgile indique dès l'abord le désastre engendré par cette maladie qui « livra à la mort toutes les bêtes des troupeaux et toutes les bêtes sauvages, corrompit les lacs et infecta de poison les pâturages » (p. 137, avec l'anaphore insistante de l'adjectif « tous ») ; il décrit les terribles symptômes du mal (« une soif de feu », « un pur liquide qui dissolvait tous les os, peu à peu rongés par le mal », la « sanie » qui s'échappe du corps, la « rage [qui] s'empare des chiens », les « quintes de toux [qui] secouent les porcs », « les yeux [...] enflammés », le « long hoquet », le « sang noir [qui] coule des naseaux » des chevaux, le taureau qui « vomit à plein gosier un sang mêlé d'écume ») et insiste sur les douleurs des malheureux animaux qui vont, tant ils souffrent, jusqu'à se « déchir[er] eux-mêmes à belles dents leurs membres en lambeaux » (p. 139). Le passage se termine en outre sur l'idée d'une contagion de l'animal à l'homme : pour peu que celui-ci tente de se confectionner des vêtements avec les peaux des animaux morts, il se couvre de pustules ardentes et de sueur et périt rapidement (p. 141).

Qu'a voulu dire Virgile en terminant le livre III sur une note aussi sinistre ? C'est sur ce passage que s'appuient de nombreux critiques qui proposent une lecture pessimiste des *Géorgiques*. De fait, les remèdes tentés par l'inventivité humaine (changer de pâturage, donner du vin) n'ont produit aucun apaisement ou ont aggravé la situation (p. 139). Les médecins, même les plus réputés (les mythiques Chiron et Mélampus), se sont aussi révélés impuissants, voire « nuisibles » (p. 141). Comme dans le cas de l'amour, l'ingéniosité des hommes n'a ici servi à rien : la nature constitue parfois une force mauvaise contre laquelle toutes les ressources humaines se mobilisent en vain.

Or, comme on l'a vu, Virgile s'ingénie dans *Les Géorgiques* à brouiller les frontières entre monde animal et monde humain, et ce brouillage apporte une curieuse résonance aux questions rhétoriques posées à propos de l'épizootie du Norique :

> Que leur servent leur labeur [*labor*] et leurs bienfaits ? que leur sert d'avoir retourné avec le soc de lourdes terres ? Pourtant, ce ne sont ni les présents Massiques de Bacchus, ni les festins répétés qui leur ont fait mal ! ils ont pour seule nourriture les frondaisons et l'herbe simple ; pour boisson, des fontaines limpides et des fleuves exercés à la course, et nul souci ne rompt leurs sommeils salutaires ! (III, p. 140.)

Il est ici question des bœufs de labour, mais la description de leur « mode de vie » rappelle étrangement l'hymne au bonheur de la vie paysanne du livre II. Dès lors, si une vie frugale et consacrée au *labor* ne sert à rien, si le travail ne peut rien contre le mal, n'est-ce pas toute la morale de l'effort qu'il avait semblé possible de lire dans *Les*

Géorgiques qui chancelle ? Pire encore, ne peut-on pas voir dans cette épizootie une représentation symbolique des guerres civiles et des terribles ravages qu'elles causent ? Mais alors, si nul ne peut rien contre l'épidémie, nul ne peut rien non plus contre la violence des hommes, et le rôle d'Octave comme pacificateur de l'univers et pourvoyeur de paix pour son pays est singulièrement remis en question.

B. Les abeilles, une société idéale ?

Selon certains critiques, dire que Virgile présenterait avec la cité des abeilles une société idéale est très excessif. Ils indiquent d'abord que la description de cette société n'est pas exempte d'une certaine ironie, sensible dans l'usage de l'héroï-comique [1]. Ainsi, les combats que se livrent les deux rois sont évoqués avec grandiloquence (ils « déploient un grand courage », « s'acharnant à ne pas céder jusqu'au moment où le terrible vainqueur a forcé l'un ou l'autre parti à plier et à tourner le dos », IV, p. 149), mais cette bataille épique cesse pour peu que l'on jette aux belligérants « un peu de poussière » ! Même humour dans la comparaison, fort disproportionnée, entre

1. Par exemple Renaud Pasquier, « Le “communisme monarchique” des abeilles chez Virgile », *Labyrinthe*, 40, 2013, p. 119-120.

le travail fourni par les abeilles pour produire le miel et celui des Cyclopes (IV, p. 154). Ces formes d'incongruités seraient un signal indiquant au lecteur de ne pas tout prendre au sérieux.

Selon Jasper Griffin, le critique le plus opposé à une interprétation positive du monde des abeilles, le roi des abeilles est présenté comme un roi oriental (puisque « ni l'Égypte ni la vaste Lydie ni les peuplades des Parthes ni le Mède de l'Hydaspe n'ont autant de vénération pour leur roi », IV, p. 157), et Virgile ne saurait proposer un tel modèle de société à ses lecteurs, viscéralement hostiles à la royauté, *a fortiori* orientale [1]. En outre, toujours d'après Griffin, les abeilles ne connaissent ni l'amour ni la famille, sont dépourvues d'émotion et ignorent tout de l'art [2]. Bien loin d'idéaliser leur monde, Virgile soulignerait au contraire l'incomplétude de leur vie et tracerait un parallèle avec la société humaine : il voudrait suggérer que la restauration de l'ordre opérée par Octave a un coût, qu'elle a produit une société efficace et admirable, mais impersonnelle et sans passion, où il faut se soumettre à lui comme les abeilles se soumettent à leur roi. Il s'agit là d'une

1. Jasper Griffin, « The Fourth "Georgic", Virgil and Rome », *Vergil's Georgics. Oxford Readings in Classical Studies*, *op. cit.*, p. 225-248. **2.** En témoignerait le fait que jamais n'est établi de lien entre les abeilles et la poésie, ce qui est pourtant un *topos* dans l'Antiquité (Varron lui-même, dans son *Économie rurale*, III, 16, 7, appelle les abeilles les « créatures des Muses »).

lecture originale, qui n'emporte peut-être pas absolument l'adhésion, mais qui montre en tout cas que, dans *Les Géorgiques*, les choses sont toujours plus complexes qu'il n'y paraît.

III. Orphée et Aristée, emblématiques de l'ambivalence des *Géorgiques*

Rien, sans doute, ne montre mieux la complexité de cette œuvre que les histoires d'Aristée et d'Orphée, qui occupent toute la fin du livre IV. Le lien entre ces épisodes et l'ensemble des *Géorgiques* apparaît au premier abord un peu léger : le fait que le premier est un apiculteur justifie difficilement la place qu'occupe l'*excursus* (288 vers sur les 566 que compte le livre, soit plus de la moitié) et moins encore l'insertion, dans l'histoire de cet apiculteur, de celle d'Orphée. Ces épisodes doivent donc avoir un plus haut sens.

Pour Gian Biagio Conte, ce sens réside dans l'opposition entre Aristée à Orphée, au bénéfice du premier [1]. Aristée, l'humble paysan, met tout son honneur dans « l'ingénieuse surveillance de [s]es récoltes et de [s]es troupeaux » (IV, p. 164), et quand il apprend qu'il a commis une faute il

1. Gian Biagio Conte, *The Poetry of Pathos. Studies in Virgilian Epic*, S.J. Harrison (dir.), Oxford University Press, 2007, p. 123-149.

se soumet aux dieux et accomplit, avec piété, tous les rites qu'on lui prescrit : son essaim se reconstitue ; le musicien Orphée refuse avec *hybris* les lois de la nature (il veut ramener Eurydice des Enfers) et n'obéit pas aux prescriptions divines (il se retourne malgré l'ordre du dieu des Enfers) : il perd tout. L'*excursus* serait donc conforme à la morale d'ensemble des *Géorgiques.* Si l'on admet que le passage a remplacé un éloge de Gallus, on peut même en proposer une interprétation politique et propagandiste : si Gallus avait su être aussi humble qu'Aristée, il aurait vécu ; Virgile insisterait donc sur le devoir d'obéissance à Octave.

La chute d'Orphée peut aussi revêtir un sens métalittéraire et représenter le choix qu'a fait Virgile de se détourner de la poésie amoureuse des *Bucoliques* pour aller vers la poésie agricole des *Géorgiques.* Dans son dernier roman, Hédi Kaddour formule ainsi l'idée que, des deux personnages, c'est bien Aristée le héros de Virgile :

> Ils [les amis de Publius, le héros du roman] disent que ce poème de Virgile, c'est le chant d'Orphée, le chant consacré à Orphée pleurant la mort d'Eurydice, mais Publius soutient que c'est celui d'Aristée, l'apiculteur ; Virgile en parle bien plus que d'Orphée, Aristée et *l'art modeste* qui ouvre sur *la gloire permise par les dieux*, l'art de faire renaître les abeilles.

Publius pense que l'art d'Aristée, c'est aussi l'art de faire renaître les poèmes. L'art d'Aristée, pas celui d'Orphée. Orphée n'est qu'un veuf geignard, on ne fait pas de bonne poésie avec de la plainte de veuf, et il y a quelque chose de suspect dans la douleur d'Orphée : c'est lui qui s'est retourné pour regarder sa femme avant qu'ils ne soient à l'air libre [1].

Toutefois, on peut remarquer que Virgile prend pitié d'Orphée et cherche à l'excuser ; lorsque celui-ci se retourne pour regarder Eurydice, le poète commente : « démence bien pardonnable, si les Mânes savaient pardonner ! » (IV, p. 173). Cela peut signifier que Gallus, lui aussi, aurait dû être jugé digne de pitié et non pas condamné, et donc constituer un reproche voilé à Octave… Plus largement, c'est l'amour d'Orphée pour son épouse qui le fait descendre aux Enfers, et ses lamentations après sa terrible erreur constituent l'acmé émotionnelle du livre IV. Il apparaît ainsi comme le héros humain par excellence, soumis aux souffrances de l'amour, à la cruauté du destin, et imprudent comme tous les amants ; il témoigne du fait qu'aucun amour humain ne peut échapper à la mort et « parle » au cœur de tout lecteur, bien plus sans doute qu'Aristée, qui demeure un personnage assez sec dont Virgile ne montre même

1. Hédi Kaddour, *La Nuit des orateurs*, Gallimard, « Blanche », 2021.

pas la joie à la reconstitution de son essaim et dont on peut en outre souligner le manque de moralité (il a poursuivi Eurydice pour la violer).

Orphée est par ailleurs, dans la mythologie gréco-romaine, le musicien et le poète par excellence. Est-il vraisemblable que Virgile, poète lui aussi, l'ait absolument rejeté ? D'ailleurs, si Eurydice disparaît, si Orphée lui-même meurt déchiré par les Ménades, il ne perd pas « tout » ; sa voix, en effet, continue de chanter son épouse :

> Même alors, comme sa tête, arrachée de son col de marbre, roulait au milieu du gouffre, emportée par l'Hèbre Œagrien, « Eurydice ! », criaient encore sa voix et sa langue glacée (IV, p. 175).

Ce que dit là Virgile, malgré la disparition d'Eurydice et la mort d'Orphée, c'est une autre immortalité, celle de la voix, de la poésie, seule capable de conférer cette immortalité. Aristée a vu son essaim reconstitué, mais Orphée, lui, continue par-delà les siècles de chanter son Eurydice.

Il est donc très difficile de déterminer la signification exacte de ces *excursus*. Laissons pour finir la parole à Joël Thomas, qui prend acte de cette difficulté : « Bien qu'Orphée soit plus évolué spirituellement qu'Aristée – ce n'est pas lui qui aurait couru derrière une fille pour la violer –, c'est lui qui chute, à la fin des *Géorgiques*, alors qu'Aristée, ce lourdaud, est pardonné. Leçon de modestie et avertissement ésotérique en même temps : tout est possible dans une structure en mouvement : les meilleurs peuvent chuter, et les pires accéder à la rédemption. C'est à la fois sur cette mise en garde et sur cette note d'espoir que Virgile aurait souhaité fermer *Les Géorgiques*[1]. »

1. Joël Thomas, *Virgile. Bucoliques, Géorgiques*, *op. cit.*, p. 46.

4 — *Postérité de l'œuvre*

Moins importante que celle des *Bucoliques* et surtout de l'*Énéide*[1], la postérité des *Géorgiques* est pourtant loin d'être inexistante. L'œuvre suscita d'abord des traductions qui, moins nombreuses sans doute que celles des deux autres poèmes de Virgile, furent cependant assez fréquentes. Très célèbre fut par exemple en France la traduction de l'abbé Delille (1770), en alexandrins à rimes plates, qui est ce que nous appelons aujourd'hui une « belle infidèle », comme peut en témoigner cet extrait :

Vois-tu ce laboureur, constant dans ses travaux,
Traverser ses sillons par des sillons nouveaux ;
Écraser, sous le poids des longs râteaux qu'il
[traîne,
Les glèbes dont le soc a hérissé la plaine,
Gourmander sans relâche un terrain paresseux ?
[...]
J'aime des hivers secs et des étés humides[2].

---

1. Voir Présentation, p. 30-31. **2.** Comparer avec Virgile : « Il en va de même de celui qui, en tournant la charrie obliquement, rompt en sens inverse des mottes qu'il a soulevées en creusant le sillon, qui tourmente la terre sans répit et commande aux guérets.// Priez pour avoir des solstices humides et des hivers sereins, ô laboureurs » (I, p. 43-44).

Delille ajoute une interpellation au lecteur, supprime une prière aux dieux païens, formule différemment ; en somme, il « s'approprie le texte, impose sa vision du poème et superpose sa personnalité [1] ». Plus fidèles furent sans doute les traductions qui, au XXe et au XXIe siècle, se multiplièrent – à mesure, sans doute, que la langue latine de Virgile était moins comprise : traductions en prose [2], en prose rythmée [3], en alexandrins [4], traductions partielles [5], traductions accompagnées de gravures [6]… La toute dernière, en France, date de 2019 : c'est celle de Frédéric Boyer qui, dans *Le Souci de la terre*, propose une traduction en vers libres et en versets, dans laquelle il insiste sur la nature épique et le caractère angoissé de l'œuvre, et souligne la fragilité et la souffrance du vivant, mais aussi le lien qui unit l'homme, la terre et les animaux.

1. André Dussart, « L'érudit et le versificateur », *Équivalences*, n° 1-2, 2014, p. 38. On peut lire la traduction de l'abbé Delille en ligne, sur le site : remacle.org/bloodwolf/poetes/virgile. **2.** E. de Saint-Denis, Les Belles Lettres, 1926. **3.** A. Michel, J. Dion et Ph. Heuzé, Imprimerie nationale, 1997. **4.** J.-P. Chausserie-Laprée, La Différence, 2007. Ce traducteur voit dans « le grand alexandrin classique, sous la forme dense et pleine de ses réalisations, le seul mètre susceptible de fournir en français le moule rigoureux où couler, sans rallonge, les amples hexamètres de Virgile » (« Virgile et l'alexandrin », *Latomus*, n° 55, 1996, p. 604). **5.** *Les Abeilles*, trad. F. Favretto, Saint-Quentin-de-Caplong, Atelier de l'Agneau, 2010. **6.** A. Berry et E. Valès, avec lithographies de J. Commère, P. de Tartas éditeur, 1959.

Une œuvre de la littérature antique survit également par les imitations qu'elle suscite. Dès la fin du Quattrocento italien, le grand humaniste florentin Ange Politien fit précéder son cours d'université sur *Les Géorgiques* d'une introduction en vers latins de son cru, intitulée *Rusticus*, dans laquelle il récrit de nombreux passages du texte de Virgile en y imprimant sa propre marque [1]. Des imitations des *Géorgiques* furent aussi publiées en français : en 1800, après sa traduction, l'abbé Delille publia *L'Homme des champs ou Géorgiques françaises*, ouvrage dans lequel il se présente comme le continuateur du poète antique :

> Le chantre de Mantoue a su, des champs dociles,
> Hâter les dons tardifs par des leçons utiles.
> [...] et mes chants
> Des austères leçons fuyant le ton sauvage,
> Viennent de la nature offrir la douce image (I, 3-8).

En 1912, Francis Jammes publia à son tour, au Mercure de France, des *Géorgiques chrétiennes* en alexandrins et en strophes isométriques de deux vers. Il y décrit l'existence d'une famille d'agriculteurs que nous voyons tour à tour labourer, semer, moissonner, vendanger. Comme Virgile, Jammes fait donc l'éloge de la vie paysanne simple et

1. Voir Perrine Simon-Galand, « Les Silves d'Ange Politien : l'utilisation de la rhétorique antique dans la création d'une poétique néolatine de la Renaissance », *Bulletin de l'Association Guillaume Budé*, 1984, p. 77-85.

humble, mais *Les Géorgiques chrétiennes*, comme leur titre l'indique, expriment aussi l'intense foi chrétienne de leur auteur :

> La cour s'emplit d'ombres mouvantes. Le portail
> S'ouvrait sur la rentrée des gens et du bétail. [...]
>
> On voyait çà et là courir une lumière ;
> Le pressoir recevait les dernières grappières.
>
> La danse des fouleurs, fille du vieux Noé,
> Ne poussait point les cris païens de l'évohé.
>
> Les bacchantes et les silènes délaissés
> Avaient cédé la place aux anges de Jessé [1].

Chez Jammes, comme le dit Jacques Le Gall, « tous les phénomènes de la nature et tous les événements de la vie quotidienne des hommes prennent un sens divin et exaltent un dieu unique [2] ».

Enfin, une œuvre de la littérature latine perdure aussi par les ouvrages qu'elle inspire, plus ou moins librement. L'éloge du travail du paysan et la description des activités que celui-ci doit accomplir innervent de nombreuses œuvres. Par

1. Francis Jammes, *Les Géorgiques chrétiennes* [1912], chant II, Mercure de France, 1942, p. 46-47. **2.** J. Le Gall, « "Il faut travailler pour le siècle futur". *Les Géorgiques chrétiennes* de Francis Jammes », in *« Les Géorgiques chrétiennes » de Francis Jammes. Centenaire de la parution 1912-2012*, Association Francis Jammes, 2012, p. 10-11.

exemple, le *Jocelyn* (1836) de Lamartine comprend un passage qui, comme *Les Géorgiques*, mêle vocabulaire technique et tendre tableautin de la vie paysanne :

> Il rattache le joug, sous la forte courroie,
> Aux cornes qu'en pesant sa main robuste ploie ;
> Les enfants vont cueillir des rameaux découpés,
> Des gouttes de rosée encore tout trempés,
> Au joug avec la feuille en verts festons les nouent,
> Que sur leurs fronts voilés les fiers taureaux
> [secouent,
> Pour que leur flanc qui bat et leur poitrail
> [poudreux
> Portent sous le soleil un peu d'ombre avec eux ;
> Au joug de bois poli le timon s'équilibre,
> Sous l'essieu gémissant le soc se dresse et vibre,
> L'homme saisit le manche, et sous le coin
> [tranchant
> Pour ouvrir le sillon le guide au bout du champ [1].

C'est de cette veine que ressortit le genre du « roman rustique » ou « roman rural », né au XIXe siècle avec George Sand. Le chapitre II de *La Mare au diable* (1846) rappelle le livre II des *Géorgiques* par sa description à la fois précise et poétique du travail du laboureur :

> Le vieux laboureur travaillait lentement, en silence, sans efforts inutiles. Son docile attelage ne

1. Lamartine, *Jocelyn*, 9e époque, « Les laboureurs », v. 57-68.

se pressait pas plus que lui ; mais grâce à la continuité d'un labeur sans distraction et d'une dépense de forces éprouvées et soutenues, son sillon était aussi vite creusé que celui de son fils, qui menait, à quelque distance, quatre bœufs moins robustes, dans une veine de terres plus fortes et plus pierreuses.

Mais ce qui attira ensuite mon attention était véritablement un beau spectacle, un noble sujet pour un peintre. À l'autre extrémité de la plaine labourable, un jeune homme de bonne mine conduisait un attelage magnifique : quatre paires de jeunes animaux à robe sombre mêlée de noir fauve à reflets de feu, avec ces têtes courtes et frisées qui sentent encore le taureau sauvage, ces gros yeux farouches, ces mouvements brusques, ce travail nerveux et saccadé qui s'irrite encore du joug et de l'aiguillon et n'obéit qu'en frémissant de colère à la domination nouvellement imposée. C'est ce qu'on appelle des bœufs fraîchement liés. L'homme qui les gouvernait avait à défricher un coin naguère abandonné au pâturage et rempli de souches séculaires, travail d'athlète auquel suffisaient à peine son énergie, sa jeunesse et ses huit animaux quasi indomptés [1].

On retrouve cette inspiration, entre autres exemples, dans *Jacquou le Croquant* (1896) d'Eugène Le Roy, dans *Regain* (1930) de Giono

1. George Sand, *La Mare au diable*, GF-Flammarion, 1964, chap. II, p. 36.

ou encore dans *Jean de Florette* et *Manon des sources* (1963) de Pagnol, qui tous proposent l'image de paysans cultivant avec courage la terre dont ils tirent leur subsistance, avec un mode de vie simple qui leur apporte un certain bonheur.

Il n'est jusqu'au Nouveau Roman qui n'ait rendu hommage à Virgile : Claude Simon a en effet publié, en 1981, un roman intitulé *Les Géorgiques*. Cette œuvre évoque le destin de trois personnages qui, à des époques différentes, vivent les tragédies toujours renouvelées de l'histoire et leur cortège de désillusions ; dans cette atmosphère très sombre, néanmoins, quelques moments plus lumineux apparaissent, lorsque les personnages évoquent les travaux des champs auxquels ils se livrent, se sont livrés ou rêvent de se livrer :

> Il faudrait dire à Louis Cotais de faire suivre toutes les treilles, tant du bois des sentiers que de la maison du nord. Qu'il les travaille bien au pied afin que les mises du printemps prochain soient plus belles. Voilà aussi le moment de faire planter de la vigne muscade [...].
>
> Voici bientôt [...] le moment où les herbes vont pousser. Il est nécessaire de bien épierrer les luzernes, les prairies, les tréflières [...].
>
> J'apprends avec plaisir que les luzernes sont bien nées. Vous ne manquerez pas au mois de mars de mettre en avoine et en luzerne tout le travers de Francinan [...] [1].

1. Claude Simon, *Les Géorgiques*, Les Éditions de Minuit, 1981, p. 166, 185 et 187.

L'histoire se répète et les hommes, sans cesse, sont victimes de violence et meurent. Mais de l'œuvre sans fin de la nature, du renouvellement éternel des saisons et de la puissance de la vie, du travail aussi, qui aide cette vie à jaillir, il n'est peut-être pas impossible de trouver une forme d'apaisement ou de consolation. C'est une leçon que Virgile, sans doute, aurait appréciée.

La science peut-elle se faire poésie ? On sait qu'Aristote, dans sa *Poétique*, refusait le nom de « poète » à Empédocle et à Hésiode au motif qu'ils parlaient de la nature au lieu de représenter une « action », comme les auteurs d'épopées ou de tragédies [1]. Les grammairiens de l'Antiquité tardive introduisirent le genre du « poème didactique », reconnaissant par-là l'existence d'un autre type de poésie. Aujourd'hui, les théoriciens ont inventé le concept de « littérarité », qui cherche à préciser les critères en fonction desquels un texte est perçu et défini comme littéraire [2] : parmi ces critères, ils évoquent la posture affirmée de l'auteur en tant qu'auteur, la volonté de former son lecteur ou de modeler le corps social, la

1. Aristote, *Poétique*, I, 47a-b. **2.** Voir par exemple Mircea Marghescou, *Le Concept de littérarité. Critique de la métalittérature* [1974], Kimé, 2009 ; Claire Badiou-Monferran (dir.), *La Littérarité des belles-lettres. Un défi pour les sciences de texte ?*, Garnier, 2014 ; Blandine Colot (dir.), *La Littérarité latine de l'Antiquité à la Renaissance*, Presses universitaires de Rennes, 2019.

culture et l'intertextualité, la présence de l'émotion esthétique… Autant de critères que *Les Géorgiques* remplissent parfaitement et qui font de cette œuvre à part entière, bien plus qu'un manuel d'agriculture, une œuvre littéraire.

CHRONOLOGIE

CHRONOLOGIE

	CONTEXTE HISTORIQUE	CONTEXTE INTELLECTUEL ET VIE DE VIRGILE
753	Fondation de Rome.	
753-509	**Royauté.**	
509-27	**République.**	
Ve-IIIe s.	Rome en lutte avec ses voisins.	
IIe-Ier s.	Rome à la conquête du monde.	
Ier s.	Un siècle de luttes et de guerres.	
112-105	Guerre de Jugurtha (roi de Numidie), remportée par Metellus et Marius.	
106		Naissance de Cicéron.
94 ?		Naissance de Lucrèce.
90-88	Guerre sociale (révolte des « alliés » – *socii* – de Rome pour bénéficier de plus de droits ; les Romains matent cette révolte, avant d'accorder aux *socii* certains droits).	
88-84	Guerre contre Mithridate (roi du Pont-Euxin), remportée par Sylla.	
88-82	Première guerre civile (Marius *vs* Sylla).	
86		Naissance de Salluste.

83-72	Guerre de Sertorius. Ce lieutenant de Marius avait créé, après la mort de celui-ci, un royaume dissident en Lusitanie, au Portugal ; les Romains peinent à le vaincre, mais il est assassiné lors d'un banquet.	
79	Abdication de Sylla.	
73-71	Guerre servile : Spartacus, gladiateur de Campanie, réunit autour de lui une armée de gladiateurs et d'esclaves – *servi* – qui va jusqu'à faire trembler Rome. Crassus parvient à la vaincre et la répression est terrible.	
70		**Naissance de Virgile à Andes, près de Mantoue.**
67	Victoire de Pompée contre les pirates qui infestaient la mer Méditerranée et rendaient difficile le commerce ; sa victoire apporte à Pompée un immense prestige.	
65		Naissance d'Horace.

	CONTEXTE HISTORIQUE	CONTEXTE INTELLECTUEL ET VIE DE VIRGILE
63	Siège et prise de Jérusalem par Pompée. Consulat de Cicéron et conjuration de Catilina, noble Romain ayant tenté de s'emparer du pouvoir par les armes et d'assassiner le consul en titre ; ses complices sont mis à mort sur ordre du sénat ; Catilina trouve la mort en combattant l'armée régulière romaine.	Cicéron, *Catilinaires* : série de discours contre Catilina.
60	Premier triumvirat : César, Pompée, Crassus. Alliance politique secrète de ces trois hommes forts de Rome, qui s'engagent à se soutenir politiquement les uns les autres.	
59		Naissance de Tite-Live.
58	Début de la guerre des Gaules : César, élu consul grâce au soutien des deux autres triumvirs, obtient à sa sortie de charge le proconsulat de Gaule transalpine ; il y part et y lance la conquête de la partie de la Gaule n'appartenant pas encore à Rome.	
v. 54		Naissance de Tibulle.

		Mort de Lucrèce. *De la nature des choses* est publié par Cicéron.
53	Mort de Crassus dans la guerre contre les Parthes (Iran actuel). Cette mort rompt de fait le triumvirat et laisse César et Pompée face à face.	**Virgile séjourne à Rome pour ses études.**
52	Pompée, soutenu par le parti conservateur, est consul unique à Rome. Bataille d'Alésia (victoire de César et reddition de Vercingétorix).	
49	Passage du Rubicon : à Rome, les conservateurs s'efforcent d'empêcher César de se présenter à un nouveau consulat, à son retour de Gaule ; celui-ci choisit l'illégalité en pénétrant avec ses légions sur le territoire italien et en marchant sur Rome. Début de la deuxième guerre civile (César *vs* Pompée).	**À Naples, Virgile fréquente le cercle épicurien de Siron.**

	CONTEXTE HISTORIQUE	CONTEXTE INTELLECTUEL ET VIE DE VIRGILE
48	Bataille de Pharsale et victoire de César. Pompée part en Égypte, d'où il compte continuer la guerre, mais il est assassiné par le pharaon Ptolémée.	
v. 47		Naissance de Properce.
44	Assassinat de César : accusé de vouloir rétablir la royauté, il est assassiné par un groupe de républicains ; à l'ouverture de son testament, on découvre qu'il institue comme son héritier non son lieutenant Antoine, mais son petit-neveu et fils adoptif posthume, Octave ; les deux hommes s'opposent.	Cicéron, *Philippiques* : série de discours très violents contre Antoine ; Cicéron soutient Octave auprès de qui il pense, à tort, pouvoir jouer le rôle d'un mentor.
43	Second triumvirat : Octave, Antoine, Lépide. Alliance politique officielle pour lutter contre les assassins de César.	**Retour de Virgile à Rome. Amitié avec Pollion.** Naissance d'Ovide. Mort de Cicéron, assassiné sur ordre d'Antoine.
42	Bataille de Philippes (victoire d'Octave et Antoine sur les assassins de César).	

41-40	Guerre de Pérouse : malgré le second triumvirat, Octave et Antoine ne s'entendent pas, et la distribution de terres aux vétérans de Philippes est l'occasion d'un premier conflit.	Salluste, *Conjuration de Catilina* et *La Guerre de Jugurtha* : monographies consacrées à ces deux événements.
40	Accords de Brindes : afin d'éviter une nouvelle guerre, les triumvirs décident de se partager le monde : Octave obtient l'Occident, Antoine l'Orient et Lépide l'Afrique.	
37	Pacte de Tarente : renouvellement du second triumvirat sur initiative de Mécène, qui organise un voyage diplomatique à Brindes, auquel il convie Virgile et Horace.	**Virgile, *Les Bucoliques.***
36	Bataille de Nauloque (victoire d'Octave sur Sextus Pompée, l'un des fils de Pompée, adversaire du second triumvirat). Reprise de la guerre contre les Parthes et défaite d'Antoine.	

	CONTEXTE HISTORIQUE	CONTEXTE INTELLECTUEL ET VIE DE VIRGILE
35-33	Campagnes victorieuses d'Octave en Illyrie.	Horace, *Satires*, livre I : en latin *sermones*, « conversations », les *Satires* sont des poèmes de genre humble, traitant de tous les sujets, dans lesquels le poète croque avec indulgence les défauts de ses contemporains, souvent à travers le prisme de l'épicurisme.
32	Mariage d'Antoine et Cléopâtre. Octave déclare la guerre à l'Égypte.	
31	Bataille d'Actium et victoire d'Octave. Suicide d'Antoine et Cléopâtre.	
30		Horace, *Épodes* : dédiées à Mécène, les *Épodes* sont des pièces d'invectives, contre divers ennemis, qui sont souvent des « types » littéraires.
29	Octave prend le titre de *Princeps Senatus*.	**Virgile, *Les Géorgiques*.** Horace, *Satires*, livre II. Properce, *Élégies*, livres I et II : élégies érotiques, dont le livre I est tout entier consacré à une femme nommée Cynthie.

		Tite-Live, *Histoire romaine* : 142 livres, allant de la fondation de Rome à l'époque de Tite-Live et visant à faire l'éloge du peuple romain.
27	Octave prend le titre d'*Augustus* (titre honorifique, sous lequel la tradition le retient). Début de l'Empire romain.	

27 av. J.-C.-476 apr. J.-C. : Empire

26	Début de la conquête de l'Égypte.	Tibulle, *Élégies*, livre I (consacré aux amours souvent malheureuses du poète pour Délie et Marathus, et à ses rêves bucoliques).
23		Properce, *Élégies*, livre III.
22		Horace, *Odes*, livres I à III : d'un genre plus élevé que les *Satires* et les *Épodes*, les *Odes* soutiennent le programme de restauration nationale d'Auguste.
20	Triomphe d'Auguste sur les Parthes.	

	CONTEXTE HISTORIQUE	CONTEXTE INTELLECTUEL ET VIE DE VIRGILE
19		**Mort de Virgile et publication de l'*Énéide*.** Mort de Tibulle. Publication du livre II des *Élégies*, consacré à Némésis et Glycéra, sans doute juste antérieure.
16		Properce, *Élégies*, livre IV : la thématique érotique est souvent abandonnée pour des pièces de coloration plus nationale.
v.14		Ovide, *Amours* : élégies présentées comme autobiographiques sur les amours du poète, notamment avec une femme mariée qu'il appelle Corinne. Mort de Properce.
12		Horace, *Odes*, livre IV.
8		Mort d'Horace.

Début de notre ère

4	Conjuration de Cinna contre Auguste qui, d'après la tradition, fait alors preuve de clémence.	

9	Bataille de Teutobourg : désastre des troupes romaines menées par Varus contre les Germains, qui s'emparent des « aigles romaines », les enseignes de l'armée.	
14	Mort d'Auguste. Avènement de Tibère.	
17		Mort de Tite-Live.

BIBLIOGRAPHIE

BLANDENET, Maëlys, « Le poète paysan des *Géorgiques* : un homme de culture », *Bulletin de l'Association Guillaume Budé*, n° 2, 2007, p. 123-146.

Un article capital pour comprendre les liens tracés par Virgile entre le paysan et le poète. Maëlys Blandenet montre que, dans *Les Géorgiques*, le projet poétique de Virgile accorde une place centrale aux paysans et présente l'agriculture comme un *cultus*, en dressant un parallèle entre l'activité éducative du poète et celle du cultivateur, pédagogue de la terre et éducateur de la nature. Le paysan, d'après Blandenet, constitue une mise en abyme du poète didactique, une incarnation de la notion de civilisation.

FOURCADE, Jacques, « L'homme de la terre d'après *Les Géorgiques* de Virgile : mythe ou réalité ? », *Pallas*, n° 29, 1982, p. 17-38.

Fourcade soutient la thèse selon laquelle Virgile veut rétablir la dignité des agriculteurs en décrivant, avec réalisme mais sans prosaïsme, leur travail et la relation de la terre à l'homme, fondée sur un travail incessant.

GRIFFIN, Jasper, « The Fourth "Georgic", Virgil and Rome », *Vergil's Georgics. Oxford Readings in Classical Studies*, éd. K. Volk, Oxford University Press, 2008, p. 225-248.

Une analyse très particulière de la société des abeilles, vue comme pleine de « manques » culturels, qui seraient aussi ceux de la société romaine, envers laquelle Virgile formulerait donc maints reproches, ou du moins à laquelle il prodiguerait des avertissements.

GUILLEMIN, Anne-Marie, « L'unité de l'œuvre virgilienne », *Revue des études latines*, t. XXVI, 1948, p. 189-203.

Malgré le titre de l'article, l'autrice montre que Virgile rejette dans *Les Géorgiques* l'idéal des *Bucoliques* (où les hommes sont oisifs sur une terre nourricière) au profit d'un monde dans lequel un dieu bon pousse sa créature à l'élévation par le travail et l'épreuve.

HEIDMANN, Ute, « (Ré)écritures anciennes et modernes des mythes : la comparaison pour méthode. L'exemple d'Orphée », *Études de lettres*, n° 265, 2003, p. 47-64.

Cet article suggère que, enchâssée dans histoire d'Aristée, celle d'Orphée illustre la force véridique de la parole poétique et dénonce, de façon cryptique, les relations complexes et conflictuelles entre le pouvoir et les poètes.

HEUZÉ, Philippe, « *In tenui labor.* Remarques sur la poétique de l'amplification dans *Les Géorgiques* », *Revue des études latines*, n° 73, 1995, p. 115-123.

Heuzé analyse les procédés d'amplification que Virgile applique au texte de ses prédécesseurs et suggère que c'est pour lui le moyen d'exprimer de la façon la plus adéquate la beauté de la nature.

HEUZÉ, Philippe « *Illi uictor ego.* Quand le poète prend la place du prince », in DELIGNON, Bénédicte, et ROMAN, Yves (dirs), *Le Poète irrévérencieux. Modèles hellénistiques et réalités romaines*, De Boccard, 2009, p. 221-225.

Cet article montre la confusion que Virgile entretient entre celui qui combat, le Prince, et celui qui le représente, le poète, le second finissant par prendre la place du premier de façon irrévérencieuse.

LAFOND, Muriel, *Virgile, Les Géorgiques, Livres III-IV*, in LAFOND, Muriel, et DE GIORGIO, Jean-Pierre, *Silves latines 2014-2015*, Neuilly, Atlande, 2014.

Cet ouvrage très pédagogique propose des résumés des *Géorgiques* et analyse les lignes de force de l'œuvre. Une lecture rapide et efficace.

LEDENTU, Marie, « *Labor* poétique et *res gestæ Cæsaris* : poésie et refondation dans les *Géorgiques* », *Vita Latina*, nº 189-190, 2014, p. 70-88, et www.persee.fr/docAsPDF/vita_00427306_2014_num_189_1_1792.pdf.

Article capital, qui, à travers les quatre livres des *Géorgiques*, analyse les rapports entre le poète et le pouvoir.

PERKELL, Christine, « The Golden Age and its contradictions in the poetry of Vergil », *Vergilius*, vol. 48, 2002, p. 3-39.

L'autrice s'efforce de prendre en compte les contradictions présentes chez Virgile autour du motif de l'âge d'or ayant longtemps troublé les commentateurs (qui se sont efforcés de les résoudre). Elle suggère qu'au contraire elles font partie intégrante de l'œuvre de Virgile : ainsi, *Les Géorgiques*, aux chants I, II et IV, contiennent des représentations contradictoires du fermier, de la qualité morale du travail et de ce qu'est la vie au cours de l'âge d'or.

REAY, Brendon, « Some addresses of Virgil's *Georgics* and their audience », *Vergilius*, vol. 49, 2003, p. 17-41.

Selon l'auteur, une grande partie des lecteurs des *Géorgiques* devaient être des fermiers de l'élite romaine, souvent absents de leurs domaines, lesquels étaient exploités par des esclaves (que Virgile ne prend absolument pas en compte). Virgile présente à ses lecteurs un miroir idéal d'eux-mêmes : le maître comme fermier individuel. La fiction didactique du poème place l'élite de la société dans les champs et les pâturages dont les circonstances réelles (guerres et enrichissement de la société) l'ont totalement éloignée.

THOMAS, Joël, *Virgile. Bucoliques, Géorgiques*, Ellipses, 1998.

Cette étude s'efforce de mettre en lumière l'unité des trois œuvres de Virgile et propose une vision très particulière des *Géorgiques*, orientée autour du pythagorisme et de l'astrologie, et empreinte de mysticisme.

THOMAS, Richard F., « Prose into poetry : Tradition and meaning », *Vergil's Georgics. Oxford Readings in Classical Studies*, éd. K. Volk, Oxford University Press, 2008, p. 43-80.

L'auteur s'intéresse aux transformations que fait subir Virgile au texte des agronomes dont il s'inspire.

INDEX DES NOMS CITÉS

Les chiffres romains renvoient aux numéros de livres et les chiffres arabes aux numéros de pages.

TABLE

Cet ouvrage a été mis en pages par

<pixellence>

Imprimé en France par Maury Imprimeur en mai 2022
N° d'impression : 262762